KB056445

치하야 요괴 파견 회사 1

나가오 아야코 지음 | **이희정** 옮김

목 차

치하야 요괴 파견 회사

키치조지역 공원 입구에서 도보 7분
치하야 인재 파견 회사 업무 보조 스태프 모집

〈기간〉 당일~장기 3개월마다 계약 갱신

〈시간〉 월~금 17시~22시(휴식 한 시간)

　　　　주 3일 이상 근무 가능한 자

〈휴일〉 토 일 공휴일

〈시급〉 2천 엔(교통비 전액 지급, 식사 제공)

〈복장〉 오피스 캐주얼(영업 시에는 정장 착용)

〈업무 내용〉 전화 응대, 손님 응대, 그 외 파견 업무 전반

〈연락처〉 전화번호 0422-○▲-●△■○

　　　　소재지 도쿄도 무사시노시 키치조지 미나미초……

　　　　담당 책임자 치하야 시키

대학 행정실 문 옆.

　팔짱을 끼고 아르바이트 모집 게시판을 바라보던 유리는 그 구인 전단이 눈에 들어온 순간 눈을 크게 떴다.

　'이게 뭐지? 시급 2천 엔?! 게다가 음식점도 아닌데 식사 제공?! 어째서?!'

　유리는 힐끗 행정실 문을 바라보았다.

　유리는 친구인 루나가 행정실에 수강 신청서를 제출하고 나오기를 기다리던 중이었고, 문 너머에서 들려오는 여학생

들의 목소리로 지금 행정실이 붐빈다는 사실을 알 수 있었다.

루나는 앞으로 10분은 나오지 않으리라.

유리는 다시 한번 차분하게 '치하야 인재 파견 회사'의 구인 전단을 보았다.

'……말도 안 될 정도로 좋은 조건이야. 지원할 예정이었던 학원 강사도 시급 1600엔으로 높은 편이었지만, 교통비 지급은 물론이고 식사 제공 같은 것도 없었는데. 지나치게 좋은 이야기는 조심하라고들 하지만—.'

교내 게시판에 붙은 구인 광고니 수상한 아르바이트일 리는 없을 터다.

'좋아!'

유리는 자그마한 리본이 달린 가방에서 스마트폰을 꺼내 재빠르게 치하야 인재 파견 회사에 전화를 걸었다.

하지만 통화 중인지, 애석하게도 전화는 연결되지 않았다.

그때였다.

"유리!"

행정실 문이 열리고 루나가 총총히 달려왔다.

생각보다 수강 신청서 제출이 금방 끝난 모양이었다.

그녀는 같은 교양학부의 인문학과, 일본 문학 전공인 1학년생 시라이시 루나였다.

성이 신도인 유리와는 출석 번호가 앞뒤였고, 지난주에 있었던 입학식에서는 자리가 바로 옆이었다.

그날, 입학식이 시작되기 전.

"하아, 어쩐지 긴장되네요."

"그렇죠? 약간 두근두근해요."

"아, 저는 시라이시 루나예요. 이름 물어봐도 될까요?"

"나는 신도 유리. 자리가 옆이라는 건, 같은 일본 문학 전공이라는 뜻이지? 잘 부탁해."

그때 나눈 잠시의 대화를 계기로 두 사람은 친해졌고, 현재에 이르렀다.

"수강 신청서 겨우 제출했어. 1학년은 필수 과목이 너무 많다니까! 1교시 수업도 너무 많고!"

"그러게. 하지만 제2외국어가 필수인 건 1학년 때뿐이라 다행이야."

루나는 강의 계획서를 가방에 넣으면서 "뭐, 그렇지"라며 입술을 삐죽 내밀었다.

유리는 그런 루나를 무심코 바라보다 문득 깨달았다.

"루나. 머리에 거미가 붙어 있어."

"꺄악! 떼줘! 떼줘!"

루나는 벌레를 정말 싫어하는지, 공포 영화 속 인형처럼 격렬하게 머리를 흔들기 시작했다.

유리는 루나의 머리카락에 붙은 거미를 맨손으로 잡아서

힘껏 멀리 튕겨냈다.

"루나도 참. 난리를 쳐서 머리가 엉망이 됐잖아. 이 롤 웨이브를 만드느라 매일 한 시간 정도는 걸릴 것 같은데. 아냐?"

"드릴 웨이브가 아니야. 그냥 천연 곱슬이란 말이야……."

"아, 타고난 곱슬이구나. 공짜로 이렇게 예쁜 머리 모양이 되다니, 부러워."

"나는 유리의 곧게 뻗은 긴 검은 머리카락 쪽이 부러운데 말이지……."

루나는 유리를 빤히 바라보더니 "그 이전에"라며 유리의 뺨을 휙 양손으로 감쌌다.

"아무렇지 않게 귀여운 게 약았어! 피부는 하얗지, 날씬하지, 눈썹도 인형처럼 아주 긴 데다, 나처럼 서클렌즈를 하지 않아도 눈동자가 크고, 입술은 글로스를 바르지 않아도 투명한 붉은색에 촉촉하고, 게다가, 게다가—."

루나는 뺨을 붉혀가며 그런 말을 늘어놓더니, 마지막에는 원망스럽다는 듯이 나직하게 중얼거렸다.

"장학생에, 머리까지 좋잖아! 젠장, 하늘은 불공평해!"

"그렇지 않아."

유리는 루나의 표현에 따르면 인형 같은 얼굴에 어울리지 않게 비꼬는 듯한 미소를 지었다.

'얼굴은 좋든 나쁘든 타고난 거라고 해도, 내 머리가 좋은

건 천부적인 재능이 아니야. 내가 피를 토하는 노력을 한 결과라고!'

모든 것은 장학금을 받기 위해!

유리의 집은, 특등급 가난뱅이인 것이다.

—그렇기는 하지만, 하고 유리는 이어 생각했다.

'나는 가난뱅이지만 불쌍한 가난뱅이인 건 아냐. 담대하고 밝게 살고 있으니까.'

나도 유리 같은 애로 태어나고 싶었어! 그런 말을 반쯤 진심인 듯 연호하는 루나를 진정시키고, 유리는 "일단 밖으로 나가자"라고 재촉했다.

두 사람은 행정실이 있는 2호관을 나와 벚꽃이 흩날리는 캠퍼스를 정문을 향해 걸었다.

그 사이, 스쳐 지나가는 사람은 모두 여자였다.

도쿄 스기나미구.

젠부쿠지 공원 가까이에 있는 이 대학은 여자대학교였다.

대학원을 제외하면 부속 중고등학교가 없기 때문에, 캠퍼스에 있는 사람들은 대학원생을 포함해도 열여덟 살부터 스물일고여덟 살 정도까지의 귀엽고 성실해 보이는 여자들뿐이었다.

새하얀 예배당에서 예배 시간을 알리는 종이 울렸다.

프로테스탄트 정신을 바탕으로 하는 이 대학에서는 매일 1

교시와 2교시 사이의 쉬는 시간에 예배를 드린다.

예배는 의무가 아니기 때문에 유리와 루나는 바로 귀갓길에 올랐다.

오늘 1교시는 교수의 자기소개와 강의 계획에 관한 설명뿐이어서 수업은 일찌감치 마무리되었다.

"그러고 보니 유리는 동아리 정했어?"

정문 근처에서는 입학식이 열린 지 일주일 가까이 지난 지금도 동아리 가입 권유가 계속되고 있었다. 대학 간 교류를 갖는 동아리도 적지 않아서 남학생의 모습도 드문드문 보였다.

"응. 아동 문학 연구회. 견학하러 가봤는데, 부드러운 분위기가 좋더라."

"그래? 문화계는 체크하지 않았는데, 거기선 주로 뭘 해? 다른 대학과 교류는 있고?"

"문화제 때 동아리 회지를 만들거나, 수요일 점심시간에 부실에 모여서 다 함께 도시락을 먹으며 책에 관한 이야기를 나누는 동아리 같아. 타 대학과 교류는 없고."

"뭐어? 유리는 귀여운데, 여대 같은 데 틀어박혀 있으면 아깝잖아! 유리도 테니스 동아리에 들어와. T대랑 W대랑 교류가 있거든! 명문대 남자라고!"

"음, 하지만 나는 라켓 살 돈이 없는걸. 지금 가진 전 재산이 4백 엔 정도뿐이야."

루나는 한순간 눈을 깜빡이더니 "거짓말~!" 하며 깔깔 웃기 시작했다.

"그게, 유리 입은 옷을 봐도 부잣집 아가씨잖아."

"아, 이거?"

유리는 자신의 차림을 내려다보았다.

리본 타이가 달린 블라우스에 봄꽃처럼 살랑살랑한 무릎 길이의 플레어스커트. 오늘은 조금 쌀쌀했기 때문에 자그마한 리본이 장식된 여성스러운 재킷도 입고 있었다.

"지금 입은 거 전부 해서 2천 엔도 안 해."

"뭐어~?!"

루나는 일요일 저녁에 하는 국민적 애니메이션 속 주인공의 남편처럼 소리를 질렀다.

"봐, 전부 천이 얇고 질이 안 좋잖아. 세탁할 때마다 꾸깃 꾸깃해지지만, 나 다림질은 잘하니까 딱히 문제 될 건 없어. 찢어질 때까지 입어주고 말겠어."

아가씨인 척을 하려는 것이 아니라, 귀엽고 청초한 옷은 그저 유리의 취향이었다.

집에서는 예전에 동네 아주머니에게 받은 보풀투성이인 새빨간 운동복을 입고 있지만, 밖에 나갈 때는 리본이나 레이스가 달린 원피스와 블라우스와 스커트를 입는 일이 많았다.

앞서 말한 대로 하나같이 얇고 질이 안 좋은 소재고, 좋아하는 원피스도 슈퍼에서 한 벌에 980엔 하는 초저가 제품이었지만, 남의 눈에는 그렇게 보이지 않는 모양이었다.

"하지만 그래도, 유리네 아버지, 대학교수시잖아?"

"뭐 그런 느낌이기는 하지만, 학자란 자고로 가난뱅이거든."

분명 유리의 아버지는 이과 대학에서 교편을 잡고 있다.

하지만 시간 강사로 박봉인 데다, 월급 대부분을 자신의 연구에 써버리는 탓에 신도가(家)는 늘 곤궁했다.

하지만 유리는 딱히 아버지를 원망하지는 않았다.

어릴 때 돌아가신 엄마 몫까지 더해 유리를 위해 매일 열심히 콩나물 볶음을 만들어주었고, 돈이 없어서 과외를 받거나 학원에 다니거나 하지 못한 유리가 과학이나 수학을 어려워할 때면 공부를 봐주기도 했다.

'아빠한테는 감사하고 있어. 나도 이제 열여덟 살이고 어른인걸. 대학에도 입학했으니까, 학업에 지장을 주지 않는 범위 내에서 아르바이트를 해서 집안 살림에 보탬이 되어야지.'

그렇게 성실한 생각을 하던 중, 조금 전 보았던 '치하야 인재 파견 회사'의 전단이 머릿속에 되살아났다.

혹시 유리가 알아채지 못하는 사이에 그쪽에서 부재중 전화를 확인하고 먼저 연락을 하지는 않았을까 싶어 스마트폰을 꺼내려는데, 루나가 옆에서 화면을 들여다보았다.

"뭐야, 뭐야? 남자 친구한테서 전화라도 왔어?"

"아니, 그런 거 아니야. 그리고 애초에 남자 친구 없어. 그게 아니라, 나 파견 회사에서 아르바이트를 해볼까 싶어서. 아까 전화해봤는데 연결이 안 됐었거든. 그래서 지금 연락이 오기를 기다리는 중이야."

"파, 파견 회사? 왜 또 그런, 그런 귀찮고 스트레스 많을 것 같은 일을……. 유리라면 머리가 좋으니까 학원에서 선생님을 하거나, 과외를 하면 되잖아? 뭐, 아이들이나 학부모를 상대하는 일도 그 나름대로 엄청 스트레스 쌓일 것 같지만."

"학원이나 과외도 생각해보긴 했어. 나 교직 이수 중이기도 하니까, 어쩌면 장래에는 학교 선생님이 될지도 모르잖아? 하지만 그래서 더, 그 전에 교육 관련 이외의 일도 해보고 싶다는 생각이 들었어. 나, 사람들 상대하는 건 어렵지 않거든."

사람은 사람이 있기에 살 수 있다.

그것은 유리가 몇 번이고 절실하게 했던 생각이었다.

예를 들면 현재 아버지와 둘이서 지내는, 사고가 있었다는 낡은 아파트의 집주인.

그녀는 가정 원예가 취미로, 예전에 뭔가 사고가 있었다고 하는 집에 사는 신도 부녀에게 양배추와 토마토와 가지 같은 채소를 자주 나눠주었다. 사고가 있었던 물건이라 이상하리만치 싼 월세조차도 부녀가 몇 개월이나 체납하고 있는데도 말이다.

그리고 학원에 다니지 못하는 유리에게 방과 후 늘 공부를 가르쳐주었던 고등학생 때의 은사님.

빵 끄트머리가 나오면 일부러 "가지러 와" 하고 전화를 해주었던 근처의 빵 가게 주인.

어머니가 없는 슬픔과 생활고로 이유도 없이 슬퍼졌을 때 버팀목이 되어주었던 친구들.

가난뱅이는 힘들다.

인내와 인내의 연속이다.

감기 정도로는 병원에도 못 간다.

장학금을 위해 좋은 성적을 유지해야만 한다고 하는 중압감도 있다.

먹을 것이라고는 주로 바나나와 어육 소시지와 콩나물과 달걀 정도였다.

이것은 가난뱅이의 숙명이다.

유리뿐만 아니라 가난뱅이는 누구나 그 네 가지를 주로 먹는다.

그것조차도 없어 배를 곯다 죽을 것 같을 때는 우유나 두유, 혹은 맹물을 끓여 마시고 억지로 배를 불렸다.

그래도 비를 피할 집이 있고, 공부할 수 있는 환경이 있고,

정신적으로 꺾이지 않고 여기까지 살아올 수 있도록 도와준 은사님과 주변 사람들과 친구들의 도움이 있었다.

그러니까—.

"나는 아직 세상을 모르는 땅속 굼벵이지만, 대학을 졸업하면 남들에게 도움이 되는 일을 하고 싶어. 그러니까 지금부터 아르바이트로 직무 경험을 쌓아두면, 구직 활동을 할 때 조금은 어필할 수 있는 포인트가 되지 않을까 하거든."

말을 마치고, 유리는 조금 지나치게 많은 이야기를 했나 싶어 얼굴을 붉혔다.

하지만 루나는 예상과 달리 진지한 표정을 하고서 유리의 이야기에 귀를 기울여주었다.

"유리, 엄청 장해. 굼벵이가 아니라 불나방이야. 불 속에 뛰어드는 불나방!"

불나방이라니⋯⋯라며 유리가 뺨을 움찔거리던 때, 손에 든 스마트폰이 진동하기 시작했다.

액정 화면에는 이제 막 연락처에 등록한 '치하야 인재 파견 회사'라는 문자가 떠 있었다. 아르바이트 채용 책임자가 부재중 메시지를 확인하고 다시 전화해준 것이리라.

"아, 잠깐 통화 좀 해도 될까?"

"그럼, 얼마든지."

유리는 두근거림을 억누르며, 가능한 한 차분한 목소리로

"네" 하고 전화를 받았다.

지직…….

혼선이라도 된 것일까?

잡음이 잦아들자 전화 상대인 청년이 말했다.

「신도 유리 씨 전화가 맞습니까? 전화 주셔서 감사합니다. 치하야 인재 파견 회사의 치하야라고 합니다.」

"아, 네. 제가 신도입니다."

「면접을 보고 싶다고 하셔서 연락을 드렸습니다. 괜찮다면 꼭 저희 회사를 방문해주셨으면 합니다만, 원하는 날짜가 있으십니까?」

"저는 오후 5시 이후라면, 평일이든 휴일이든 다 괜찮습니다!"

유리는 즉답했다.

유리의 '저는 의욕에 넘칩니다 어필'은 이미 시작되었다.

그런 모습이 웃겼는지, 전화 너머에서 치하야가 슬며시 웃는 기척이 전해졌다.

「감사합니다. 그렇다면, 오늘 19시는 어떠십니까?」

"네, 괜찮습니다."

「그럼 19시에 치하야 인재 파견 회사에서 기다리고 있겠습니다. 이만 실례하겠습니다.」

"네, 잘 부탁드립니다. 감사합니다."

상대가 전화를 끊기를 기다리고, 유리도 통화 종료 버튼을 눌렀다.

"루나, 나 오늘 밤에 면접을 보게 됐어. 지금 바로 집으로 뛰어가서 이력서를 써야 할 것 같아. 그럼 먼저 갈게!"

"행동 한번 빠르네!"

"좋은 일은 서둘러야 하는 법이야. 생각이 떠오르면 바로 행동이라고!"

유리는 스마트폰을 가방에 밀어 넣고, 걸음을 서두르며 루나에게 손을 흔들었다.

"그럼, 루나, 내일 봐."

"응. 다녀와, 다녀와. 긴장하지 말고 릴렉스 해야 해! 파이팅!"

"응, 고마워! 루나도 동아리에서 꽃미남 잡아 와!"

"꽃미남이 아니라 명문대 남자라니까!"

루나의 어찌 되든 상관없는 정정을 들으며, 유리는 정문을 나와 달리기 시작했다.

유리가 젠부쿠지 공원 근처에 있는 여대로 진학한 것은 교통비를 절약하기 위해서였다.

유리는 니시오기쿠보에 살고 있어, 집에서 학교까지는 도보 20분.

아주 가깝다고는 할 수 없지만, 유리의 다리 힘이라면 집에서 여유롭게 걸어 다닐 수 있는 거리였다.

당장에라도 무너질 듯한 낡은 목조 아파트로 돌아오자, 뺨이 오동통하고 상냥해 보이는 아주머니가 아파트 앞을 열심히 비질하고 있었다.

이 아파트의 집주인이다.

"안녕하세요!"

유리가 밝게 인사하자 집주인은 비질하던 손을 멈추었다.

"어머, 유리구나. 어서 오렴. 아, 그렇지. 조금 전에 우리 텃밭에서 감자를 캤는데, 괜찮으면 조금 가져갈래?"

"네? 그래도 되나요?! 감사합니다!"

유리는 집주인이 사는 1층의 한 방으로 가서, 종이 상자에 가득 담긴 감자를 받았다.

유리는 집주인에게 감사 인사를 하고 만족스러운 얼굴로 2층으로 향하는 계단을 올라갔다.

'신난다. 감자의 좋은 점은, 무엇보다 아무리 열을 가해도 비타민 C가 잘 파괴되지 않는다는 거지. 오늘부터 아버지랑 둘이서 감자 축제야.'

고기가 들어가지 않는 고기 감자조림에, 감자만 들어간 포토푀, 버터 감자.

오늘 저녁밥은 뭘로 할까 생각하며, 낮에도 어둑한 낡은 아파트 복도를 걸었다. 2층의 짧은 복도 제일 끝 집이, 예전에 무슨 일이 있었다고 하는 사고 물건인 유리의 집이었다.

아버지는 아직 돌아오지 않았을 텐데, 문을 연 순간 방 안쪽에서 사람이 훌쩍이는 소리가 들렸다.

하지만 이 집에서 이런 일은 아주 흔했다.

유리는 감자가 담긴 상자를 양손으로 고쳐 들고, 귀여운 펌프스를 신은 발로 연 문을 고정한 다음 현관에 종이 상자를 내려놓았다.

훌쩍이는 소리는 아직 계속되고 있지만, 내버려 두면 언제나 10분 정도면 그친다.

불쌍해도 유리로서는 어떻게 해줄 수 없었다.

사실 유리는 의외로 빈번하게 유령과 요괴의 모습을 보거나, 목소리를 듣거나 한다.

아버지에게는 보이지 않는 모양이니 아마도 어머니나 선조 중 누군가를 닮은 것이리라.

그러나 불제(*재앙을 물리치는 것.)나 제령은 할 줄 몰랐다.

그래서 언젠가 부자가 되면, 텔레비전에 나오는 유명한 영능력자를 불러서 흐느끼는 유령의 영혼을 구제해줄 수 있었으면 하고 바랐다.

흐느끼는 유령보다 성가신 것은 이 집에 나오는 다른 남자 유령이었다.

한밤중이면 덮쳐들어서 목을 조르는 일이 잦은데, 그때
마다 주먹을 휘둘러 격퇴해야만 했다.

'지금은 그런 것보다!'

유리는 좁은 방의 공부용 책상 앞에 앉더니 바로 이력서를
쓰기 시작했다.

방이 하나뿐인 집이지만, 아버지와 둘이서 살기에는
그다지 불편하지 않았다.

연구에 푹 빠진 아버지는 대학 연구실에 틀어박혀 있는지
라, 집에 돌아오는 것은 언제나 유리가 잠든 다음이기 때문
이다.

"다 됐다!"

우등생답게 달필로 이력서를 다 쓴 유리는 그것을 봉투에
담아 가방에 넣고, 기운차게 면접을 보러 나섰다.

소부선을 타고, 집에서 가장 가까운 니시오기쿠보에서 키
치조지로 향하는 2~3분 사이에 유리는 이력서를 다시 한번
확인했다.

지원 동기란은 스스로 생각해도 단시간에 나름 잘 썼다고
본다.

키치조지역에 도착했고, 유리는 공원 쪽 개찰구로 나왔다.

대형 상업 시설의 모퉁이를 돌아 남쪽을 향해 나나이바시

도리를 곧장 걸어가자 이노카시라 공원이 나왔다.

길가에는 크레이프 가게와 핫도그 가게와 구제 옷 가게와 오래된 커피점 등, 개성적인 가게가 지붕을 맞대고 있었다.

곧 오후 6시가 되지만, 꽃놀이 시즌이라 길에는 어린 학생과 퇴근 중인 회사원들의 모습으로 북적였다.

구인 전단에 실려 있던 지도에 의하면 치하야 인재 파견 회사는 이 근처인 모양이었다.

공원을 빠져나가면 바로 미타카시(市)가 되어버리니, 공원에 들어서기 직전에 모퉁이를 돌았다.

공원은 벚꽃이 한창이었지만, 유리는 면접을 앞두고 있어 경치를 즐길 여유도 없이 스마트폰에 저장해둔 지도 사진과 앞쪽을 번갈아 보며 한적한 주택가를 걸었다.

"무사시노시…… 키치조지 미나미초……."

무사시노시의 이노카시라 공원 부근 일대를 가리키는 미나미초라든가 고텐야마라고 하면 키치조지의 고급 주택가로 유명하다.

건축 양식은 동서양풍으로 다양했지만, 어디를 보아도 훌륭한 대저택들만이 세워져 있었다.

슬슬 회사가 보일 때가 된 것 같은데…….

'나도 참, 길을 잘못 찾아온 건가?'

아무래도 아까부터 같은 곳을 빙글빙글 돌고 있는 것만 같은 기분이 들었다.

스마트폰으로 시간을 확인하니, 오후 6시 45분.

면접 시간에 늦을지도 모른다고 슬슬 연락을 해야만 할 것 같았다.

걸음을 멈추고 연락처를 열었을 때였다.

'……어라?'

유리는 눈을 깜빡였다.

막 지나치려 했던 커다란 집과 집 사이에서 이나리(*곡식의 신. 여우를 뜻하기도 한다.) 신사에서나 볼 법한 붉은 토리이가 홀연히 모습을 드러냈던 것이다.

보통의 토리이와는 다르게 높이가 90센티미터 정도밖에 안 되어 보였다.

그 너머에는 하얀 토담 사이로 가늘고 긴 길이 이어지고 있었다.

길 끝은 어두워서 잘 보이지 않았지만, 쭉 뻗은 외길이라는 것은 틀림없어 보였다.

유리는 어째서 지금까지 이런 이상한 길을 발견하지 못했을까 하고 의아하게 생각했다.

게다가, 이상하다.

키치조지라는 마을은 헤이안쿄처럼 길이 끝에서 끝까지 바둑판 모양으로 정비되어 있다.

그러니 이런 식으로 모퉁이 하나 없이 쭉 뻗은 외길은 드물었다.

길 양옆에는 같은 간격으로 석등이 놓여 있었다.

석등에는 불이 밝혀져 있지 않았지만, 달리 가로등 같은 것이 보이지 않으니 잠시 있으면 불이 밝혀질지도 모른다.

'지도를 보면, 회사는 이 길에 있는가 본데. ……그래서 찾지를 못했던 거구나.'

이미 해가 지고 주변은 어두워지기 시작하고 있었다.

이 길은 사설 도로인 것일까?

아스팔트로 포장되어 있지 않았고, 지면에는 하얀 자갈이 가득 깔려 있었다.

그것이 이제 막 떠오른 달빛을 받아 희미하게 빛났다.

멋대로 들어가도 되는지 어떤지 알 수 없었지만, 면접 시간이 다 되어가고 있었다.

유리는 결심했다.

몸을 굽혀 토리이를 지나 참배로 같은 길 위로 한 걸음 내디뎠다.

그 순간, 휙 하고 모든 소리가 사라졌다.

마치 눈이 내리는 밤처럼 주변이 귀가 아픈 듯한 고요함에 감싸였다.

이상하다……라고 유리는 또 생각했다.

바로 근처에 있는 공원은 지금쯤 밤 벚꽃을 구경하며 술에 취한 사람들로 시끌벅적할 터인데, 그 어떤 소리 하나도, 사람 목소리 하나도 들려오지 않는다는 것은 너무나도 이상했다.

유리는 무어라 표현할 수 없는 불안을 느끼며 등 뒤를 돌아보았다.

어둠 속에서 붉게 칠한 토리이만이 선명하게 떠올라 있었다.

기분 나쁘다고도 할 수 있는 광경이었지만, 유리는 안심했다.

토리이 너머로 보이는 경치는 틀림없이 유리가 방금 지나온 주택가였다.

그러나 다시 앞으로 돌아섰을 때, 유리는 깜짝 놀랐다.

석등에 빛이 밝혀져 있었던 것이다.

일제히 밝혀진 것이 아니다. 길 안쪽으로 안쪽으로 유리를 이끌듯이, 가장 가까운 곳의 석등부터, 팟 팟 하고 차례차례로……

헤이안쿄의 복원 모형을 보는 듯한 희고 긴 토담이 옅은 붉은 빛을 받고 있었다.

어둠 속에서 무언가가 나올 것만 같은 음산한 분위기가 가득해졌다.

하지만 이제 곧 면접 시간이다. 겁먹고 있을 여유가 없었다.

유리는 길 안쪽을 향해서 걷기 시작했다.

석등이 비추는 길은 끝이 가로막혀 있었고, 유리는 100미터 정도를 나아가서야 드디어 한 채의 궁궐과 마주할 수 있었다.

궁궐―그렇다. 그것은 그야말로 궁궐이라 칭해야만 할, 동서양식이 절충된 대저택이었다.

수려한 세공으로 장식된 문은 높이와 폭이 유리가 다니는 대학의 정문만 했다.

문은 활짝 열려 있었지만, 경비원의 모습은 전혀 보이지 않았다.

보안 회사의 마크도 보이지 않았다.

보통은 생각할 수 없는 부주의함이지만, 도둑이 들어올 거라고는 생각할 수 없었다.

저택에서는 어쩐지 범접하기 어려운 위엄이 느껴졌다.

유리가 살고 있는 사고 물건과는 또 다른 종류의 다가가기 어려움이다.

공원에서 바람에 날려 온 것일까? 벚꽃 잎이 살랑살랑 어둠 속에서 춤추었다.

꽃의 붉은색은 어스름한 밤 속에서 묘하게 도드라져 선혈 같은 오싹함을 띠고 있었다. 꽃잎이 끊임없이 쏟아져 내렸고, 거대한 문은 입을 쩍 벌리고서 사냥감을 기다리는 괴물처럼 보였다.

회사라고 할 수 있을 만한 분위기가 느껴지지 않아 유리는 돌아가려 했지만, 뒤로 돌아서기 직전에 문 앞에 놋쇠로 된 간판이 서 있는 것을 발견했다.

둔탁하게 빛나는 은색 겉면에는 분명히 '치하야 인재 파견 회사'라고 쓰여 있었다.

'……나도 참. 너무 겁먹었잖아.'

유리는 스스로를 격려하면서 문 안쪽에 자리한 저택을 올려다보았다.

조금 이지러진 달을 배경으로, 하얀 벽에 검은 나무로 마름질 된 모양의 저택이 조용히 서 있었다.

현관 지붕 아래 걸린 자그마한 등롱이 희미한 불빛을 비추고 있었다.

'시급 2천 엔, 교통비 전액 지급, 식사 제공.'

무서워하고 있을 때가 아니었다.

가난뱅이의 배짱과 근성을 얕봐서는 안 된다.

유리는 힘내자, 라며 혼자 고개를 끄덕이더니 문을 통과해 현관문을 향해 걸음을 옮겼다.

문득 하늘이 어두워졌다.

달이 구름에 가려진 것이다.

발밑을 비추는 것은 이제 현관의 불빛뿐이었다.

―불 속에 뛰어드는 불나방!

절묘한 타이밍에 루나의 말이 떠올랐다.

괴이하게 흔들리는 등롱 빛이 점점 유아등(誘蛾燈)처럼 보이기 시작했다.

하지만 여기서 도망치면 자신은 영원히 가난뱅이다. 콩나물 생활이다. 집세 체납자다.

유리는 자기 자신에게 그렇게 말하며 현관문 앞에 섰다.

쌍여닫이문은 검고 아름다운 윤기를 띠고 있었고, 덩굴 같은 모양이 섬세하게 조각되어 있었다.

그런데 정작 중요한 인터폰이 눈에 띄지 않았다.

'인터폰. 인터폰은 어디 있지?'

현관 앞에서 우왕좌왕하던 유리는 문 오른쪽에 있는 청동으로 만들어진 두 마리의 여우 조각상을 발견했다.

설마 이 조각상에 어떤 장치가 되어 있는 건 아닐까 하며 다양한 각도에서 관찰하고 있으려니, 현관의 쌍여닫이문이 끼이이 하는 소리를 내면서 열렸다.

유리가 반사적으로 뒤를 돌아보자 등롱 아래에 키가 큰 남자가 서 있었다.

유리는 평균 키 이상에 굽이 5센티미터인 펌프스를 신고 있건만, 그래도 여전히 남자 쪽 키가 더 컸다. 구두를 벗으면 키 차이가 꽤 날지도 모른다.

불빛 아래인데도 어쩐지 어슴푸레해서 남자의 얼굴은 잘

보이지 않았다.

그저 밤의 눈처럼, 피부의 창백함이 도드라졌다.

"초인종은 없습니다. 통화할 때 말씀드렸어야 했는데."

열린 문을 한 손으로 잡은 채 남자는 그렇게 말했다.

유리가 멍하니 서 있자 남자는 조용히 문을 닫았다.

밤에 보아도 또렷한 하얀 손가락이 문에 달린 금속 장식을 잡고 콩콩 문을 두드려 보였다. 조금 전까지 유리의 눈에는 띄지 않았지만, 반달 모양의 그것은 분명 도어 노커였다. 서양 영화에서 본 적이 있다.

그리고 그것이 인터폰 대신이라는 것도 동시에 이해했다.

유리는 남자의 시선이 이쪽을 향한 기척을 느끼고 허둥지둥 고개를 숙였다.

"저는, 7시에 면접 약속을 한 신도 유리입니다."

유리는 가방에서 이력서를 꺼내며 말을 이었다.

"담당자이신 치하야 씨에게 전해……."

"제가 대표 이사인 치하야입니다. 기다리고 있었습니다. 신도 유리 씨."

그 말을 듣고 보니 전화 목소리와 같았다.

치하야라고 말한 남자는 유리의 손에서 조심스럽게 이력서를 받아 들더니 문을 열었다.

"자, 안으로 들어오시죠."

유리는 긴장한 발걸음으로 치하야 쪽으로 다가갔다.

그가 사장이라는 것만으로 이미 면접이 시작된 듯한 기분이 들었다.

치하야 앞을 지나칠 때 향수와는 다른, 수선화와 비슷한 깨끗한 향기가 부드럽게 감돌았다.

이 사람에게서 나는 향기라는 사실을 조금 뒤늦게 깨달았다.

유리가 현관홀로 들어서자 치하야는 문을 닫았다.

그러자 빛이 전부 사라졌고, 주변은 새카만 어둠에 감싸였다.

"신발은 그쪽 선반에."

"죄송합니다. 저기, 어두워서 아무것도 보이지 않는데…….."

유리가 그렇게 대꾸하자 치하야는 그제야 깨달았다는 듯이 "아, 죄송합니다"라고 말했다.

"……순수한 인간은 밤눈이 어둡다고 했던가…….."

조용히 중얼거린 혼잣말에 네? 하고 되물을 틈도 없이 현관홀이 확 밝아졌다.

……이상한 공간이었다.

천장에 달린 볼 모양의 조명은 아르데코(*1920~1930년대에 유행한, 직선을 기조로 한 장식 예술 양식.)식이었고, 하얀 벽면에는 별실로 통하는 삼나무 문이 있었고, 장지문이 있었으며, 산수화가 걸려 있었다.

신발장 위에는 벗나무 가지와 자그마한 동백꽃으로 장식이 되어 있었다.

유리는 펌프스를 단정하게 신발장에 넣고 고개를 들었다.

그리고 그때 처음으로 치하야의 모습을 제대로 보았다.

자세 바르게 서서, 머리 하나 더 위의 높이에서 유리를 내려다보는 치하야는 유리와 비슷한 나이이거나—아주 동안인 25세 정도의 젊은이로 보였다.

그것도 콧날이 오뚝하고 눈동자가 맑은 아름다운 미모의 청년이었다.

뺨은 태어나서 지금까지 한 번도 햇볕을 받은 적이 없는 듯 창백했고, 살짝 곱슬기가 있는 고양이 털처럼 부드러운 머리카락은 윤기가 도는 검정.

미남이라기보다는 미인이라고 평하는 쪽이 더 어울리는 중성적인 생김새였다.

그러나 어딘가 차가운 인상을 주는 것은 이쪽을 바라보는 눈에 빛이 없기 때문일까? 꽃잎 색을 그대로 옮겨놓은 듯한 모양 예쁜 입술에는 사람 좋아 보이는 부드러운 미소가 덧칠해져 있건만, 눈이 도무지 웃는 것처럼 보이지 않았다.

아니. 눈도 눈이지만, 복장도 그랬다.

그는 새카만 정장에 새카만 넥타이를 매고 있었다.

하얀 것은 셔츠뿐, 상복 차림처럼 전신이 온통 검은색투성이였던 것이다.

"이쪽으로."

치하야는 히나마츠리의 인형 장식에 쓰일 듯한 붉은 양탄자가 깔린 복도를 걷기 시작했다.

집 안은 무척이나 넓었다.

유리는 일본식 정원과 마주한, 건물로 향하는 바깥 툇마루와 객실 사이의 툇마루를 나아가는 치하야의 뒤를 따라갔다. 그는 푸른 소나무와 학이 그려진 장지문 앞에서 걸음을 멈추었다.

장지문이 열리고 유리의 눈앞에는 다이쇼풍의 서양식 방이 나타났다.

방 가운데에는 적갈색의 커다란 장방형 책상이 놓여 있었고, 책상을 사이에 두고 좌우에 의자가 네 개씩 마주 놓여 있었다.

천장에는 은방울꽃 모양의 조명 기구가 매달려 있었다.

이곳이 업무 공간일까?

전부 해서 총 여덟 대의 컴퓨터가 놓여 있었다.

그 외에도 몇 명인가 사원은 있을 테지만, 이 시간대에 근무하는 사원은 치하야뿐인지도 모른다.

방 안쪽에는 홍매화와 휘파람새 그림이 그려진 장지문이
또 있었다.

그 장지문은 딱 닫혀 있었지만, 치하야가 그쪽으로 향하기
에 유리는 잠자코 따라갔다.

"이쪽이 저녁 시간에 업무를 보는 곳입니다. 자, 어디든 편
한 자리에 앉으세요."

치하야는 그렇게 말하더니, 매화와 휘파람새가 그려진
장지문을 열었다.

'낮과 밤으로 일하는 곳이 바뀌는 건가? ……그보다, 여기
가 사무실?'

권하는 대로 방 안에 들어간 유리는 약간 당황했다.

벽에는 장식용 선반이 달려 있었고, 방 한쪽 바닥에 층을
만들어 꾸며둔─무로마치 시대의 서원 같은 형태를 한 방의
중앙에는 자그마한 사각 책상과 의자가 네 개 놓여 있었다.

그곳만 잘라내 보면 작은 사무소의 일터 같다고 못 할 것
도 없을 터였다.

그러나 그리 크지 않은 아담한 일본풍 방은 회사라기
보다…… 골동품 가게나 혹은 오래된 창고 같았다.

인재 파견 회사와는 아무런 관계가 없어 보이는 물건이 가
득 쌓여 있었다.

천장에는 종이를 발라 만든 동그란 조명 기구 말고도 색색

의 주름 잡힌 천으로 만든 인형이 발을 늘어뜨린 것처럼 매달려 있었다.

금붕어에 부채에 강아지 모양 장난감. 북에 팽이에 바퀴 달린 잉어. 비둘기 피리, 벚꽃, 눈 토끼.

언뜻 보기에는 연관성 없는 것들을 모아둔 듯 보이지만, 모두 일본에서 운을 좋게 한다 여기는 물건들이었다.

하얀 회반죽 벽에는 아름답게 채색된 설월화에 새가 노니는 그림이 세 점 장식되어 있었다.

그 옆에는 검은색 나무 칸막이를 사이에 두고 여우 가면, 텐구 가면, 반야 가면, 노가쿠(*일본의 전통 가면 악극.)에서 쓰이는 가면 등이 쭉 놓여 있었다.

오동나무 선반에는 선명한 붉은색의 카가 테마리(*색실로 무늬를 수놓은 일본 전통 공예품인 작은 공.), 금박으로 장식된 부채, 등나무 꽃송이를 닮은 머리 장식.

은으로 세공된 팔릉경, 옅은 복숭앗빛 수정으로 만든 토끼.

검은 뚜껑과 붉은 동백꽃 그림이 아름다운 손궤, 황금색 술이 달린 옻칠된 패 통.

또 다른 선반에는 나비와 꽃이 그려진 접시, 칠보 향로, 화려한 옷을 잘 차려입은 고쇼 인형—등이 질서정연하게 놓여 있었다.

'이 방은 대체 뭐지……?'

유리는 당황하면서도 자신도 모르게 방의 모습에 넋을 잃고 말았다. 그리고 오동나무 옷장 위.

유리 케이스 속에 있는 하고이타(*모감주 열매에 새 깃털을 끼워 만든 제기처럼 생긴 하고를 치는 나무 채. 채의 겉면에는 다양한 장식이 되어 있다.)가 문득 유리의 시선을 끌었다.

기모노 차림의 소녀로 꾸며진 하고이타였다.

비단으로 된 소녀의 피부는 만져보고 싶을 만큼 매끄러워 보였고, 입술은 핏빛이 비친 듯 붉었다. 틀어 올린 머리카락이 살짝 흐트러진 모습이 매우 요염해 보였다.

마치 살아 있는 듯했다……. 당장에라도 가냘픈 한숨을 내쉴 것만 같은 기척이 느껴졌다.

유리가 무심코 케이스를 향해 손을 뻗으려던 때였다.

"유리 너머라고 해도 만지지 않는 편이 좋습니다. 거기에는 강렬한 원념이 담겨 있으니까요."

갑작스러운 치하야의 말에 유리는 움찔하며 손을 멈추었다.

"원념……?"

치하야 쪽을 보자 그는 유리를 위해 의자를 하나 빼주고 기다리고 있었다.

"놀라셨지요? 사실 저희 본가는 신사인데, 그 이야기를 들은 분들께서 종종 무언가가 씐 물건들의 제령 의뢰 같은 걸

하신답니다. 사연 있는 물건이 계속해서 들어오다 보니 좀처럼 불제 속도가 따라가지를 못해서 이런 지경이 되었답니다. 대부분은 무해한 것들이니 안심하십시오. 방금 그 나무 채도 만지면 손가락에 거스러미가 생기는 정도랍니다. ……자, 이쪽으로 앉으시죠."

치하야의 말은 유리를 더욱 동요하게 했지만, 유리는 일단 자리에 앉았다.

정적이 감도는 창고……가 아니라 방을 슬쩍 둘러보았다.

아무리 악령을 주먹으로 때릴 수 있는 유리라고 해도 사연이 있다는 이야기를 들으면 기분 나쁜 느낌을 받고 만다.

'하지만 시급 2천 엔, 교통비 전액 지급, 식사 제공인걸…….'

손거스러미 정도에 물러설 수는 없지!

유리는 얼른 마음을 다잡았다.

'그보다 치하야 씨의 본가가 신사인 데다 영감이 있는 사람일 거라고는 생각 못 했는데.'

치하야는 유리의 맞은편 자리에 앉아 말문을 열었다.

"그럼, 오늘 신도 씨께는 면접을 위해 일부러 이렇게 걸음을 하시게 했습니다만……."

치하야가 그렇게 말을 꺼냈을 때였다.

「도와주게에~.」

문이 열린 작은 방 입구에서 가느다란 목소리가 들려왔다.

유리가 그쪽을 보니, 그곳에는 귀를 늘어뜨린 흰 토끼가 코를 누르고 두 발로 서 있었다.

꿈을 꾸고 있거나 환각을 보고 있는 것이 아니었다.

사고가 있었던 물건인 자택의 유령도 그렇고, 유리도 역시 유령이나 요괴에 익숙한 체질이었던 것이다.

토끼가 요괴라는 것은 한눈에 알았다.

리얼한 토끼가 아니라, 어린이용 애니메이션에 나올 법한 늙다리 토끼였기 때문이다.

유리가 어린 토끼가 아니라 나이 많은 토끼라고 판단한 이유는 눈이 복슬복슬한 긴 눈썹에 뒤덮여 있어서였다.

유리는 요괴가 나타나도 혼자 있을 때만 아는 척을 했다.

어린 시절, 집과 학교에서 요괴 이야기를 하면 아버지에게는 감수성이 풍부한 아이라고 칭찬을 받았고, 아이들에게는 사차원 캐릭터라는 안 좋은 낙인을 찍혔다.

요괴가 자신 옆에 불쑥불쑥 나타나는 게 평범한 일이 아니라는 사실은 이미 알고 있는지라, 누군가와 함께 있을 때는 안 보이는 척 안 들리는 척을 하는 것이 제일이라 여겼다.

하지만.

'나보다 치하야 씨가 먼저 오컬트 발언을 했으니 상관없겠지?'

유리는 그런 마음으로 자리에서 일어나 토끼 쪽으로 걸어갔다.

"무슨 일이신가요?"

유리는 토끼 앞에 서서 몸을 굽혀 시선을 맞추고 물었다. 그때였다.

"코를 다치기라도 한 겁니까?"

치하야가 말했다.

놀라 돌아보니 치하야는 자리에 앉은 채 태연한 얼굴로 흰 토끼를 보고 있었다.

그 시선은 분명히 유리가 아니라 흰 토끼의 코 부분을 응시하고 있었다.

"아, 저기, 치하야 씨도 역시 그, 이게 보이시는 건가요?"

"물론 보입니다. 솔직히 말하자면, 이곳도 저녁부터는 요괴 파견 회사가 될 정도니까요."

"네? 죄송하지만 지금 좀 잘못 들은 것 같은데. 무슨 파견 회사라고요?"

"요괴 파견 회사. 저희 회사는 8시 30분부터 16시 30분까지는 사원 수 여섯으로 구성된 인재 파견 회사입니다만, 17시 이후는 뒤쪽 장사로 제가 혼자 요괴 파견업을 하고 있습니다. 그러니 이번 구인은 뒤쪽 장사를 도와줄 분을 찾기 위한 겁니다."

"저기, 그러니까…… 요괴?"

"네. 그것과는 별개로 저는 사연 있는 골동품의 불제나 그 외에도 요괴들의 문제 해결 상담을 취미 범위에서 하고 있습니다. ……이런, 이야기가 벗어났군요. 그럼 이야기를 계속 하겠습니다만, 요괴는 유령과 달리 영력의 유무에 관계없이 누구나 볼 수 있습니다. 다만 요괴도 경계심이 강해서 자신의 모습을 내보일 인간을 고르는지라, 요괴를 그림책으로만 본 채로 일생을 마치는 인간도 있지요. 오히려 그쪽이 대다수—."

흰 토끼가 치하야의 말을 끊고 면목 없는 듯 입을 열었다.

「저기, 이야기 중에 미안하네만, 슬슬 내 소개를 해도 괜찮겠나?」

"물론이죠."

치하야는 동요하는 유리보다도 흰 토끼를 우선해버린 모양이었다.

「흰 토끼인 이나바일세. 신화인 '이나바의 흰 토끼'에 나오는 그 토끼가 아니라네. 이나바라는 이름의 토끼인 게지. 아무튼, 조금 전 이노카시라 공원에 있는 벚나무에서 떨어져서 이 꼴이 되었지 뭔가.」

이나바는 코에서 손을 뗐다.

그러자 동그란 코에 자그마한 상처가 나 있었다.

"지인 중에 요괴를 치료하는 의사가 있으니, 괜찮다면 소개해드리겠습니다만."

「옥토끼당 진료소 말인가? 거기라면 가봤네만, 휴무였다네. 쿠로고마 한 마리도 안 보이더군.」

"그 집 아이들과 쿠로고마는 치료가 필요 없는 환자에게는 자주 자리를 비운 척을 하죠."

「이런.」

옥토끼당 진료소?

쿠로고마?

유리의 머리 위로 모르는 단어가 이리저리 오갔다.

둘의 대화를 따라가지 못한 유리는 치하야와 이나바를 번갈아 바라볼 수밖에 없었다.

이나바는 다시 곤란한 듯 코를 눌렀다.

치하야가 자그맣게 한숨을 내쉬었다.

"신도 씨, 죄송하지만 잠시 기다려주시겠습니까?"

"네."

유리가 고개를 끄덕이며 답하자 치하야는 자리에서 일어나 방을 나갔다.

터벅, 터벅, 터벅…… 계단을 올라가는 소리가 들렸다.

치하야는 무언가를 가지러 2층에 간 모양이었다.

입을 다물고 있기도 어색해서 유리는 이나바에게 말을 걸었다.

"벚나무에 올라가다니, 뭔가 어쩔 수 없는 사정이라도 있었던 건가요?"

「꽃구경을 나온 사람이 데려온 토이 푸들에게 쫓겼다네.」

"큰일이었겠어요. 반려견이라도 개의 조상은 늑대니까, 토끼는 가까이 가지 않는 편이 좋겠네요."

"뭔가, 토이 푸들이 화낼 만한 일을 한 거 아닙니까?"

어느 틈엔가 구급상자를 한 손에 든 치하야가 방에 돌아와 있었다.

「그런 소리 말게. 나는 도시락 통 속에서 주먹밥 하나를 슬쩍했을 뿐일세.」

치하야는 부루퉁하게 화를 내며 이나바의 뒷덜미를 잡아 들더니 의자 위에 올려놓았다.

그리고는 구급상자를 열어 스프레이 타입의 소독약을 꺼냈다.

뚜껑을 열고 "쓰라릴 겁니다"라고 미리 말한 다음에 이나바의 코에 소독약을 한 번 뿌렸다.

「아앗, 눈에 들어갔잖나!」

불만을 터뜨리는 이나바를 무시한 채, 치하야는 이나바의 코에 반창고를 붙였다.

"이거면 됐을 테죠. 밖이 어두우니, 조심해서 돌아가십시오."

치하야는 이나바를 서둘러 돌려보내고 싶은 듯했지만, 이나바는 그런 분위기를 읽지 못했다.

「호지차를 한 잔 마시고 싶네만.」

이나바의 뻔뻔한 요구에 치하야는 한순간 볼을 움찔거렸지만, 태도는 그대로 유지했다.

그는 "기다리시죠"라며 이나바를 향해 미소를 지어 보이더니 다시 방을 나갔다.

그리고 돌아왔을 때는 뚜껑 덮인 찻잔과 다과를 두 개씩 얹은 쟁반을 들고 있었다.

치하야는 그중 하나를 유리의 자리 앞에, 또 하나를 이나바 앞에 내려놓았다.

이나바는 바로 차를 홀짝였다.

「그다지 맛있는 차가 아니구먼. 여러 번 우린 것 같은 맛이 나네만.」

"죄송합니다. 옛날부터 이런 일에는 서투른지라."

「서투른 데도 정도라는 게…….」

이나바는 옆자리에 앉은 치하야의 옆얼굴을 떨떠름한 표정으로 빤히 바라보았다. 그리고 그 직후에 「으아앗!」 하고 갑자기 소리를 지르더니 찻잔을 엎었다. 유리는 깜짝 놀랐다.

"이나바 씨, 괜찮으신가요?! 데인 데는…….."

유리는 가방에서 티슈를 꺼내 들고는 이나바에게 달려가

차에 젖은 손을 조심스럽게 닦아주었다.

그러나 이나바는 그런 걸 신경 쓸 때가 아닌 모양이었다.

얼어붙은 듯이 치하야의 얼굴을 바라본 후, 폭신폭신해 보이는 손으로 치하야를 가리켰다.

「이제껏 눈치채지 못했네만, 자네 눈이, 황금! 카쿠리가미(隱神)였는가!」

황금?

유리도 이나바의 말에 이끌린 듯 치하야의 얼굴을 보았다.

지금까지 정신이 없어 눈치채지 못했었는데, 그 말대로 긴 앞머리에 살짝 가려진 치하야의 눈동자는 분명 호박 같은 엷은 빛을 띠고 있었다.

게다가 눈 주위가 살짝 붉었다.

그 요염한 아름다움은 어쩐지 여우 가면을 떠올리게 했다.

'뭐, 상관없지. 그건 제쳐두기로 하고.'

유리는 이나바를 다시 돌아보았다.

"카쿠리가미가 뭔가요?"

「처자, 요괴에도 격이라는 게 있다네. 이 녀석, 아니, 아니지. 이분은 요괴 중에서도 정점에 군림하는, 인간으로 치면 궁궐 안에 사는 사람인 셈일세!」

"무슨 이야기인지 전혀 모르겠지만, 그러니까 치하야 씨는 요괴의 왕자님이라는 건가요?"

「대략적으로 말하자면 그런 거라네. 나도 직접 보는 건 처음이네만, 카쿠리가미라고 불리는 요괴는 아마츠카미(天津神)들이 내려오기 전에 일본을 지배했던, 말하자면 옛 신에 속한 요괴일세. 높은 신력과 황금색 눈동자를 가졌다고 하지. 평소에는 산속이나 바닷속이나 타향에 머물러 계시기 때문에, 인간들이 사는 곳에 나타나는 일은 보통 없네만……대관절 어째서 카쿠리가미가 이런 사람 마을에 계시는지 나로서는 전혀 모르겠네!」

"그건 제가 인간이기 때문입니다."

허둥대는 이나바와는 대조적으로 치하야는 차분하게 대답했다.

「거짓말 말게! 그렇게 말하고 나를 잡아먹으려는 겔 테지! 카쿠리가미는 인간만이 아니라, 인간과 어울리는 요괴를 아주 싫어해서 발견하면 갈기갈기 찢어버린다지 않나. 히이익 ~ 무시무시하군, 무시무시해. 나무아미타불. 나무아미타불.」

유리는 염불을 외는 이나바를 진정시키려 했다.

"이나바 씨, 진정하세요. 치하야 씨는 어디를 어떻게 봐도 인간이잖아요."

「무슨 소리를 하는 겐가. 카쿠리가미는 밤에 태어난 요괴와 마찬가지로, 사람 모습으로 둔갑할 수 있단 말일세!」

"네? 그런가요? 그리고 죄송한데, 저는 견문이 부족해서 잘 모릅니다만, 사람으로 변할 수 있는 요괴와 변할 수 없는 요괴가 있는 건가요?"

「그래. 밤에 태어난 요괴는 '황혼의 요괴', 아침에 태어난 요괴는 '새벽의 요괴'라고 한다네. 그리고 나 같은 새벽의 요괴는 요력이 약해서 인간이 될 수 없지.」

"그렇군요. 공부가 되었습니다. 덤으로 하나 더 여쭤도 괜찮을까요?"

「뭔가?」

"유령과 요괴의 차이는 무엇인가요? 제가 사는 집은 사고가 있었던 곳인데, 유령이 자주 나오는 것 같아서요."

「유령은 나타나는 곳이 정해져 있지 않지. 반면 요괴는 나타나는 곳과 상대를 고르는 경우가 많다네. 뭐, 이 근처 요괴는 대체로 이노카시라 공원에 모여 있지만. 그리고, 흐음. 유령이 나오는 건 대체로 한밤중이지만, 요괴는 초저녁과 새벽에 나오는 일이 많다는 것 정도이려나. 요즘은 아침이고 밤이고 밝으니, 하루 종일 어슬렁거리는 것들도 있지만.」

"그렇군요."

「참고로 요괴에는 태어날 때부터 요괴라든가, 제를 올려받지 못하게 된 토착 신이 영락하여 요괴화되었다든가, 인형과 물건이 백 년 정도의 시간을 거쳐 요괴화한 츠쿠모가미 (九十九神)라든가, 너무 오래 살아서 요괴화한 동물이라든가,

자연물의 기운에서 태어난 요괴라든가, 혹은 인간의 공포심과 죄악감이 만들어낸 요괴라든가 여러 가지가 있다네. 모습도 성격도 제각각이지만, 뭐 요괴는 요괴일 뿐이니 카쿠리가미 이외에는 누가 대단하다든가 하는 것도 딱히 없지. 대단한 상처를 입거나 병에 걸리지 않는 한 평균 수명은 백 살부터 2천 살 정도일세. 그럼 여기서 문제를 하나 내겠네. 나는 어떤 타입의 요괴일 것 같은가?」

"토끼 인형 요괴. 츠쿠모가미인가요?"

「땡! 너무 오래 살아 요괴가 되어버린 진짜 토끼였습니다~!」

"한창 대화를 나누는 중에 미안하지만, 이제 그만 괜찮겠습니까?"

이야기를 탈선시킨 끝에, 질의응답까지 시작한 둘을 제지한 것은 치하야였다.

"흰 토끼 이나바 씨. 무엇보다 말이지요, 저는 카쿠리가미도 아니고 황혼의 요괴도 아닙니다. 눈동자 색이 조금 옅을 뿐인 평범한 인간입니다."

치하야가 자리에서 일어서자 이나바는 의자에서 튀어 올라 유리의 품으로 뛰어들었다.

「그만두게~. 가까이 오지 말게~.」

"만약 제가 카쿠리가미라면."

치하야는 유리의 품 안에서 부들부들 떨고 있는 이나바에게 천천히 다가갔다.

"이 아가씨는 이미 저에게 피를 빨려 죽지 않았을까요?"

그 한마디에 이나바의 떨림이 딱 멈추었다.

「아, 그런가. 음. 그 말을 듣고 보니 분명히…….」

이나바는 유리와 치하야를 번갈아 보더니 혼자 납득한 듯 고개를 끄덕였다.

「카쿠리가미는 가련하고 아름다운 여자의 피와 살을 즐겨 먹는다고 들은 적이 있지. 그래, 그렇군. 이런 미소녀가 바로 옆에 있는데 카쿠리가미가 언제까지고 가만히 내버려 둘 리가 없겠지.」

"그런 겁니다. 이해하신 것 같아 다행입니다."

치하야는 매우 성의 없는 말투로 그렇게 말했다.

유리는 아직 이야기를 이해하지 못하고 있었지만, 둘 모두 그 점은 신경 쓰지 않았다.

치하야는 다시 유리의 맞은편 자리에 앉더니 서류 다발을 책상 위로 꺼냈다.

"신도 씨도 다시 자리에 앉아주시죠. 정신 사납게 해드려 정말 죄송합니다."

"아뇨. 괜찮습니다."

유리는 이나바를 의자 위에 내려놓고 자신도 자리로 돌아가 앉았다.

반대편 자리에서는 치하야가 유리의 이력서를 펼쳐보고 있었다.

이나바가 아직 동석하고 있었지만, 아무래도 이대로 면접을 시작해버릴 셈인 모양이었다.

"그럼, 오늘 이렇게 저희 회사를 찾아주셔서 참으로 감사드립니다. 그러면, **면접을 치른** 결과입니다만—."

"**치렀다**고요? 저기, 대체 언제 면접이 시작돼서 언제 끝난 건가요?"

유리의 물음에 치하야는 "이쪽의……" 하고 이나바를 보면서 말했다.

"이나바 씨가 계셨던 것은 예측하지 못했던 사태였습니다만, 그를 대하는 당신의 친절한 대응으로 당신의 인품은 잘 알 수 있었습니다. 고로, 그것을 바탕으로 면접을 했고, 채용을 결정했습니다."

무척이나 간단하게 채용하는구나 싶었지만, 아르바이트니 그럴 수도 있겠다 싶기도 했다.

아무튼 지금 잡은 '시급 2천 엔, 교통비 전액 지급, 식사 제공'이라는 일을 절대로 놓칠 수는 없다며, 유리는 치하야의 마음이 바뀌기 전에 서둘러 이야기를 진행시켰다.

"지나치게 과대평가를 받은 기분이기는 하지만, 그렇게 된 거군요. 그런데……."

"질문입니까? 뭐든 물으시죠."

"저기, 여기는 요괴 파견 회사인 건가요?"

치하야는 "오후 5시 이후는 그렇습니다"라고만 답하고 유리 앞에 서류를 내려놓았다.

"이게 근로계약서와 서약서, 그리고 개인정보에 관한 동의서입니다. 급여, 근무시간, 업무 내용 등을 지금 한번 확인하시고, 오늘 날짜와 서명을 해주시길 부탁드립니다."

"요괴 파견 회사라고, 처음부터 구인 광고에 쓰여 있었던가요……?"

그 물음에 치하야는 그저 미소 지을 뿐이었다.

유리는 그 이상 묻지 않았다.

너무 추궁하면 마치 치하야가 구인 광고에 거짓을 기재했다고 의심하는 것처럼 보일 터였다.

어찌할지 유리는 근로계약서를 보면서 고민했다.

'3개월 갱신인 아르바이트니까, 여기에 서명하면 나는 최소 3개월 동안은 여기서 일하게 되는 거구나.'

유리는 사람을 상대하며 사람을 돕는 일을 하고 싶었다.

상대가 사람이 아니라 요괴라고 해도 자신이 요괴를 도울 수 있다면 그것도 좋았다.

하지만 지금껏 요괴가 보이지 않는 척해왔던 자신이 과연 요괴와 제대로 의사소통을 할 수 있을까?

"……신도 씨?"

펜을 쥔 채 멈춘 유리를 향해 치하야가 걱정스레 말을 걸었다.

"치하야 씨, 죄송합니다."

유리는 지금 자신이 안고 있는 불안을 그에게 솔직하게 밝히기로 했다.

"저는 사실 여기가 인재 파견 회사인 줄 착각하고 지원했었습니다. 그래서 5시부터 요괴 파견 회사가 된다는 말씀을 듣고, 지금 조금 동요가 되네요."

"그렇습니까. 하지만 인간을 파견하는 것과 요괴를 파견하는 것은 그다지 다르지 않습니다. 요컨대 인간 혹은 요괴가 고용주인 상점과 식당과 교육 시설과 공장 등에 취직하기를 원하는 요괴를 파견하는 겁니다."

"아, 그렇구나. 그거라면 저도 할 수 있겠네요."

시급 2천 엔에, 교통비 전액 지급에, 식사 제공인걸.

그런 셈속은 숨기고 유리는 기운차게 말했다.

치하야는 유리의 모습을 어두운 두 눈에 담으며 옅게 웃었다.

"그럼 계약서에 서명을 해주시지요."

"네!"

유리는 펜을 고쳐 쥐고 서류에 오늘 날짜와 자신의 이름을 써넣었다.

그리고 마지막 한 장, '개인정보에 관한 동의서'에 신도 유리라고 이름을 크게 쓰고서 속 시원한 기분으로 펜을 내려놓았다.

"—드디어 썼군. 신도 유리."

응? 한순간 누가 한 말인지 알 수 없었다.

유리는 이나바 쪽을 보았지만, 이나바는 차와 함께 나온 쇼메이지 사쿠라모치를 베어 물고 있는 중이라 말을 할 수 없어 보였다.

천천히 치하야의 얼굴을 보니, 그는 친절해 보이던 표정을 완전히 뒤바꾸고 있었다.

묘한 미소를 짓고 있었다.

옅은 황금색 눈동자에 위험한 빛을 담고, 득의에 찬 미소와 함께 이쪽을 바라보고 있었다.

"미안하지만 내숭은 이쯤 하지. 이쪽이 채용하겠다고 하는데 갑자기 망설이면서 서명을 하지 않으니, 아무리 **나**라고 해도 조바심이 나더군."

갑자기 1인칭도 태도도 바뀐 치하야의 모습에 유리는 깜짝 놀랐다.

치하야는 얼어붙은 유리의 손가에서 거둬 간 서류를 책상 위에 툭툭 쳐서 정리했다.

"하지만 이걸로 너는 공식적으로 우리 회사에 고용된 몸이 되었어. 오늘부터 계약 갱신일인 6월 말까지 제대로 일해주도록. ……치하야 요괴 파견 회사에 온 것을 환영하지."

"아니, 저기, 자, 잠깐, 잠깐 기다려주세요!"

"충분히 기다려주지 않았나? 내가 '채용'이라고 말했으니, 너는 그저 어린 여자애답게 순진하게 기뻐하기나 하면 됐을 것을. '동요가 된다'느니 하며 꾸물대서 내 귀중한 시간을 허비하고 말았잖나. 이 이상은 기다릴 수 없어."

그럴싸한 이야기에는 꿍꿍이가 있다─.

유리는 '시급 2천 엔, 교통비 전액 지급, 식사 제공'의 3박자에 낚여 냉큼 이 회사에 지원하고 만 것을 맹렬하게 후회하기 시작했다.

조건이 이상하리만치 좋았던 것은 분명 아르바이트를 고용해도 금세 그만둬버리기 때문이리라. 치하야에게 직장 내 괴롭힘을 당하거나 해서.

유리는 이 1분여의 대화로 치하야의 성격이 얼마나 나쁜지 잘 알 수 있었다.

굳은 유리를 보며 치하야는 코웃음을 쳤다.

"왜 그러지? 요괴와 접하는 게 갑자기 무서워졌나?"

"아뇨, 그러니까, 그런 게─."

"너는 **가난뱅이**지 않나? 일을 고를 처지인가?"

빠직.

'가난뱅이'라는 부분을 특히 강조한 그 말에, 유리는 자신 안에서 무언가가 끊어지는 소리를 들었다.

'이 남자, 하지 않아도 좋을 말까지 주절주절. 갑질 상사 확정이야! 나는 가난뱅이지만 유령에게 철권 펀치도 날릴 수 있고, 공부도 잘하고, 요리도 잘하거든!'

학원 강사, 가정교사, 패밀리 레스토랑 주방…… 하려고만 들면 뭐든 잘 해낼 자신이 있다.

반드시 여기에서 일해야 한다는 선택지밖에 없는 것은 아니었다.

내심 열받은 유리와 달리 치하야는 서늘한 표정을 지으며 이야기를 계속했다.

"그럼, 그 외의 업무 내용에 관한 건데."

치하야가 책상 아래에서 꺼낸 것은 여러 장의 서류를 스테이플러로 고정한 매뉴얼 같은 것이었다.

치하야가 그 페이지 수를 확인하는 사이에 유리는 의자에서 일어났다.

"치하야 씨. 죄송하지만, 저는 이 일을 그만두겠습니다!"

사장의 성격과 업무 내용, 모든 것을 속였다는 기분이 들었다.

일을 하는 데 있어 신뢰 관계는 중요한 부분이다.

이런 남자 아래서 일하다니, 농담이 아니다.

유리는 이미 도망칠 마음으로 가득했고, 열려 있는 장지문을 향해 직진했다.

"그만둘 수 있을 거라고 생각하나?"

자리에서 움직이지 않은 채 치하야는 침착한 목소리로 물었다.

유리는 못 들은 척을 하고 도망치려 했지만, 방을 나서기 직전에 유리의 눈앞에서 문이 탁 닫혔다. 아무도 손대지 않았는데도 저절로.

'어, 어떻게 된 거지?!'

설마하니 자동문, 이 아니라 자동 장지문일 리도 없다.

유리는 손잡이에 손가락을 대고 장지문을 열려고 했다.

하지만 어째서인지 철문처럼 꿈쩍도 하지 않았다.

"아직 이야기는 끝나지 않았어. 신도."

등 뒤에서, 자리에서 움직이려고도 않은 채로 치하야가 태연하게 말을 걸었다.

유리는 뒤를 돌아보았다.

치하야는 책상 위에 팔꿈치를 대고 깍지 낀 양손 위에 턱을 괴고 있었다.

내리뜬 시선 끝에는 어느 틈엔가 학교에서 보았던 것과 같은 구인 광고가 놓여 있었다.

"이 광고지에는 특수한 주술을 걸어놓아서, 현재 혹은 잠

재적으로 영력이 높은 자의 눈에만 보이게 되어 있지."

"그게 뭐 어쨌다는 건가요?"

유리는 이미 그만둘 마음으로 가득했던지라, 딱딱하고 거친 말투로 물었다.

하지만 치하야는 그런 유리의 태도에는 관심도 두지 않고 대답했다.

"너를 채용한 이유는 셋이다. 우선 첫 번째는 이나바의 모습을 보고도 놀라지 않은 것. 요괴를 볼 때마다 일일이 비명을 지르면 일을 할 수 없을 테니까. 여우불이라도 불러내서 네 반응을 볼까 했는데, 이나바 덕분에 수고를 덜었어."

유리가 잠자코 있자 치하야가 멋대로 말을 이었다.

"두 번째는 씩씩함과 뻔뻔함과 근성이 있다는 것. 너는 무려 집에 나오는 유령을 주먹으로 때려 격퇴할 정도라지?"

"치하야 씨가 어떻게 그런 걸 아는 거죠?"

"네가 사는 아파트의 집주인과 아는 사이거든."

"네?!"

"나는 전부터 네 이야기를 자주 들었고, 그때마다 네가 우리 회사에 와주었으면 좋겠다고 생각했었지. 무엇보다 요즘 젊은이들은 근성이 없어서, 고용해도 요괴가 무섭다느니 개인적인 이유라느니 하며 금세 그만둬버리거든. 지난달부터 열 명 연속으로 하루 혹은 반나절 만에 내빼는 바람에 나도 정말이지 곤란했어."

"요괴가 무섭다는 건 정말일지도 모르지만, 개인적인 이유라는 건 전부 예외 없이 치하야 씨의 성격이 나쁜 게 원인일 거라고, 저는 그렇게 생각하는데요."

그만둘 마음인 유리는 치하야를 따라 내숭은 내던지고 뻔뻔하게 말했다.

하지만 그것은 오히려 역효과였다. 치하야는 만족스러운 미소를 머금었다.

"그래. 나는 그런 강인한 성격의 인재를 찾고 있었어."

켁!

"가, 강인하지 않아요. 저 사실은 요괴도 치하야 씨도 무서⋯⋯워요⋯⋯."

유리는 아기 고양이처럼 겁에 질린 척을 했지만, 이미 늦었다. 아무렇지 않게 무시당했다.

"그래서 가난뱅이가 낚일 법한 조건으로 구인 광고를 내걸기로 했는데, 성가시게도 네가 머리까지 좋다는 이야기를 들었지. 조건이 지나치게 좋으면 경계하리라 판단한 나는 학교 게시판에 구인 광고를 붙여서 네가 지원할 만한 상황을 꾸몄던 거다."

"어떻게 한 거죠? 저는 수강 신청서를 일찌감치 제출했고, 오늘 아르바이트 모집 게시판을 본 것도 우연이었어요. 루나…… 친구가, 행정실에 신청서를 내러 가야 한다고 거기서 기다려달라고 해서."

"그 아가씨는, 과연 정말 진짜 네 친구였을까?"

"네?"

의미를 알 수 없어 유리가 미간을 찌푸렸을 때였다.

「유리!」

루나의 밝은 목소리가 방 안에 울렸다.

유리는 또다시 얼어붙었다.

창백한 불덩어리가 어디선가 나타나 둥실둥실 이쪽으로 접근해 오는가 싶더니, 순식간에 귀여운 루나의 모습으로 변했던 것이다.

「당신을 속여서 미안합니다. 주인의 명령이었습니다.」

"루, 루나. 왜 그래? 말투가 이상하잖아. 그보다, 어째서 루나가 여기 있는 거야? 설마 치하야 씨의 친척? 아니, 그 이전에 지금 불덩어리에서 사람이 됐지? 설마 루나, 요괴였던 거야?"

유리가 루나에게 질문을 퍼붓는 모습을 보며 치하야가 입을 열었다.

"그건 네가 늘 어울려 다니는 시라이시 루나가 아니야. 내 종이 시라이시 루나로 변한 거지. 아까 너를 행정실까지 데려갔던 건 바로 이 녀석이다. 네가 가짜 시라이시 루나와 함께 있는 동안, 진짜 시라이시 루나는 이미 동아리 모임에 갔지."

「그러합니다. 아름다운 아가씨, 용서해주세요. 저는 주인을 섬기기 위해 존재합니다.」

루나는 그녀답지 않은 말투로 그렇게 말하더니, 다시 창백한 불덩어리로 돌아가 순식간에 사라졌다.

"그런, 거짓말. '천연 곱슬이란 말이야'라든가 '약았어!'라든가, 전부 루나 말투였는데."

"여우불은 사람 모습으로 잘 둔갑하고, 완전히 그 당사자가 되니까."

치하야는 낮게 웃은 다음 "세 번째는……" 하고 말을 이었다.

"네가 오늘 밤 무사히 우리 회사까지 도착한 것이 채용을 결정한 결정적인 이유가 되었지. 너한테 여우불보다 저급한 사령에게 홀리지 않을 정도의 영력이 있는지 없는지를 보기 위해, 오늘에 한해 요술로 길을 감추게 했었다. ……그 외에는 내 보조와 보통 수준의 요리를 할 수 있으면 돼."

"어째서 갑자기 요리 이야기가 나오는 건가요?"

「잠깐! 하나 더, 차다. 차!」

의아해하며 되물은 유리의 목소리는 이나바의 커다란 목소리에 가려졌다.

「치하야 시키, 네가 끓인 차는 정말이지 맛이 없다. 이 맛도 모르는 놈 같으니. 이놈, 이놈.」

"차 맛 같은 걸 알 리 없지. 나는 뼛속부터 커피파거든."

치하야는 자랑할 것도 아닌 말을 당당하게 내뱉더니 다시 유리에게 이야기를 돌렸다.

"아무튼, 너는 그러한 조건을 훌륭하게 클리어 했다."

치하야는 붉은 입술로 슬며시 미소를 그리며 장지문 앞에 못 박혀 있는 유리를 바라보았다.

"똑똑하고, 마음이 강하고, 담력도 있는…… 좀처럼 볼 수 없는 인재야. 나는 줄곧, 너 같은 자가 나타나기를 기다렸어."

새삼스레 꾸며낸 듯한 부드러운 음색으로 치하야는 그렇게 말했다.

"그리고, 어째서 요리 이야기가 나오는 거냐고 질문했지? 구인 광고에 식사 제공이라고 쓰여 있었잖아? 네가 저녁 식사를 만드는 거야. 내가 재료비를 내는 대신에."

"그건 식사 제공이라고 안 하거든요! 그냥 제 일이 늘어날 뿐이잖아요! 애초에 뭐든 돈이면 다 해결된다고 생각하는 건가요?!"

"하지만, 너도 가끔은 아버지에게 영양가 있는 걸 드시게 하고 싶을 테지?"

"네? 치하야 씨 돈으로 저희 아버지 밥까지 지어도 되는 건가요?"

유리는 돈에 눈이 멀어 한순간 마음이 움직일 뻔했다.

'아, 아니, 안 돼! 흔들리지 마!'

약간 스토커와 갑질 상사 같은 구석이 있는 거짓말쟁이 사장 아래서 제멋대로 휘둘리는 것은 역시 싫었다.

그러느니 성실하게 제대로 된 다른 아르바이트를 해서 급료를 받아 아버지에게 맛있는 걸 드시게 해드리고 싶었다.

어떻게든 장지문을 열려고 손잡이를 잡은 손에 힘을 주었다.

하지만 틀렸다. 역시 열리지 않는다.

치하야는 구인 광고에 특수한 주술을 걸었다고 말했었다.

어쩌면 장지문에도 그와 같은 어떤 주술이 걸려 있는 것인지도 모른다.

이대로 치하야가 하라는 대로 할 수밖에 없는 것일까.

유리가 자신의 무력함과 경솔함을 저주할 때였다.

「쿨럭, 켁켁!」

성대하게 기침하는 소리가 들렸다.

놀라 그쪽을 바라본 순간 콰당! 하는 요란한 소리를 내며 이나바가 의자째로 뒤로 넘어갔다.

놀란 것은 유리만이 아니었다.

"어이, 왜 그래?"

치하야가 서둘러 자리에서 일어나더니 이나바 곁에 무릎

을 꿇었다.

「사, 사쿠라모치, 쿨럭, 모치가⋯⋯ 모치가, 켁켁, 목에 걸렸, 컥컥!」

이나바는 새파래진 얼굴로 숨을 헐떡이며 말했다.

순간 유리가 손잡이에 싣고 있던 힘에 따라 장지문이 슥 열렸다.

아마도 치하야가 이나바에게 정신이 팔려 주술이 풀린 것이리라.

치하야는 한순간 낭패스러운 표정을 지으며 유리를 보았지만, 바로 이나바에게로 주의를 돌렸다.

모치를 토해내게 하려는 것인지 이나바의 등을 두드리고 있었다.

유리는 비틀 뒷걸음질 치듯이 방에서 한 걸음 나섰다.

이나바를 살피느라 그럴 정신이 아닌 듯, 그렇게나 집념 강해 보이던 치하야는 유리를 쫓아오지 않았다.

유리는 치하야와 이나바에게서 등을 돌리더니 더는 돌아보지 않고 출구를 향해 달렸다.

치하야 시키는 이나바의 등을 쓸면서 멀어져가는 소녀의 발소리를 들었다.

씩씩하다는 이야기는 집주인에게 들었지만, 상상 이상으

로 지기 싫어하고 자존심이 강하다는 점은 오산이었다.

무척이나 궁핍해 보였기에 돈과 음식만 흔들어 보이면 간단히 이쪽 뜻대로 되리라 여겼던 것이다.

낚았다고 확신하고 있었다.

……그러나, 그 직전에 놓치고 말았다.

'설마 이런 사태가 벌어질 줄은.'

이나바는 '켁켁' 하고 한층 호들갑스럽게 목 메여 하더니, 사쿠라모치를 통째로 하나 토해냈다.

"모치를 통째로 삼키는 바보가 어디 있어! 네 탓에 그 여자애를 놓친 거나 마찬가지다. 기분 안 좋으니까 어서 나가."

「내 탓하지 말게, 쿨럭, 자네 성격이 나쁜 탓이잖은가, 켁켁.」

"아니, 네 탓이야! 내 책략은 빈틈없었다고!"

「그것 보게, 책략이라니! 그런 점이 성격 나쁘다는 걸세! 쿨럭…….」

책임 전가를 해가며 시키는 티슈를 여러 장 겹쳐서 이나바가 토해낸 사쿠라모치를 주웠다.

그러나 이나바는 여전히 창백한 얼굴로 부들부들 떨고 있었다.

"이런. 토했으니 이제 편해졌을 거 아냐?"

「아니, 그 아이 몫의 사쿠라모치까지 먹었으니 아직 하나 더 걸려 있다네. 컥컥.」

시키는 이마에 핏대를 세우고 이나바의 등을 거칠게 퍽퍽 두드렸다.

그러나 이나바는 목 메여 할 뿐, 떡은 전혀 나올 생각을 하지 않았다.

"대체 어떻게 해야 하는 거지…… 혹시 떡을 토해내는 게 아니라 넘기게 하는 편이 나은 건가?"

주방에 가서 물을 떠 오기 위해 시키가 몸을 일으켰을 때였다.

현관문이 열리는 소리에 이어서 후다닥 이쪽으로 달려오는 발소리가 들렸다.

"치하야 씨!"

시키의 시야에 길고 검은 머리카락의 소녀가 뛰어들어왔다.

헛것인가 싶었지만, 아니었다.

숨을 몰아쉬며 장지문 앞에 모습을 드러낸 것은, 틀림없이 살아 있는 육체를 가진 신도 유리였다.

"무, 물, 근처 자동판매기에서 사 왔어요. 이나바 씨에게 마시게 하세요……."

유리는 호흡이 좀처럼 진정되지 않는지, 힘겹게 그리 말하며 방으로 들어와 시키에게 생수병을 내밀었다.

시키는 현실미를 느끼지 못한 채 그것을 받아 들고 뚜껑을 열면서 이나바 옆에 무릎을 꿇었다.

"이나바, 스스로 마실 수 있겠나?"

이나바가 고개를 끄덕였기에 시키는 생수병을 건넸다.

이나바는 차를 마실 때와 마찬가지로 솜씨 좋게 양손으로 병을 기울이고는 꿀꺽꿀꺽 물을 마셨다.

걸렸던 모치가 겨우 식도를 넘어갔는지 이나바는 '후우' 하고 크게 숨을 내쉬더니 맥이 풀린 듯 그대로 대자로 뻗었다.

구출극이 끝나자 안심한 것인지 유리는 힘이 쭉 빠진 듯 시키 옆에 정좌하는 자세로 주저앉았다.

시키는 서둘러 현실로 돌아왔다.

달콤한 향기에 유리가 가까이 있다는 사실을 인식한 것이다. 시키는 재빠르게 유리와 거리를 두었다. 유리로 말할 것 같으면, 그런 일은 눈치채지도 못한 채 이나바의 배에 꽃 자수가 놓아진 손수건을 덮어주고 있었다.

시키는 말했다.

"네가 갑자기 나타나서 놀랐다. 도망쳤다고만 생각했는데."

"도망치다니, 저, 저는 그렇게까지 박정하지 않다고요!"

"흥, 기특하군."

시키는 코웃음을 치고, 이나바를 내려다보는 유리의 옆얼굴을 바라보았다.

"하지만 어리석기도 해. 다시 여기에 갇힐 수도 있다고는 생각하지 않은 건가?"

"생각했지만, 아까 갇혔던 건 제가 도망치려고 했기 때문이었죠?"

"그렇지."

"그렇다면 괜찮아요. 저, 더는 도망치거나 하지 않을 테니까."

"……흐음. 무슨 심경의 변화지?"

"치하야 씨를, 그냥 전형적인 재수 없는 부자라고 생각했었는데, 그…… 이나바 씨를 도와주는 걸 보고 있었더니, 그게 아니란 걸 알아서, 그래서 생각했어요. 치하야 씨가 인재 파견업을 하면서 뒤로 요괴 파견업을 하는 것도 뭔가 이유가 있는 게 아닐까 하고……."

"요괴 파견업이라는 건 말이지, 네가 생각하는 것보다 훨씬 벌이가 좋은 장사거든."

시키는 퉁명스럽게 대꾸했다.

딱히 거짓말을 하지는 않았다.

다른 경쟁 회사가 없는 만큼 수익이 좋은 것은 사실이다.

그러나 유리는 아직 다음 이야기를 기다리고 있는 것 같았다.

설마, 이 내가 대단한 뜻을 갖고 이 회사를 세운 거라는 생각을 하고 있는 걸까?

—유리가 기대하는 그런 대단한 이유 같은 건 없는데.

시키는 한숨을 내쉬었지만, 귀찮은지라 솔직히 이야기하

기로 했다.

"아까, 이나바가 카쿠리가미가 이러쿵저러쿵하며 법석을 피웠었지?"

"네."

"이나바의 이야기와 일부분 겹치지만, 카쿠리가미라는 건 평범한 요괴와 달리 『고지키(古事記)』라든가 『니혼쇼키(日本書紀)』에 나오는 신들보다도 더 전부터 이 나라에 있었던 오래된 신의 계보다. 지금에 와서는 이단의 신이라며 요괴 취급을 받고 있지만, 원래는 그 이름 그대로 신이지."

"신……."

"과거 인간은 『고지키』와 『니혼쇼키』의 신들을 섬기는 한편으로, 오랜 신들인 카쿠리가미를 오니라느니, 섬기지 않는 신이라느니 하며 그 존재를 배제하려 했다고 한다. 그리고 박해는 지금도 멈추지 않고, 인간은 무의식중에 그들의 신역을 침범하고 있지."

예를 들면, 하고 시키는 잠시 생각한 후에 말을 이었다.

"터널을 건설한다며 산을 깎아내고, 토지를 넓힌다며 바다를 메우는 식으로 말이지. ……경제 발전을 위해서는 어쩔 수 없는 일이라고 하는 것은 인간의 논리일 뿐, 그들로서는 머물던 곳을 더럽히고 빼앗는 존재에 지나지 않아. 그러니까 카쿠리가미는 줄곧 인간을 원망하고, 인간에게 정을 준 요괴들도 마찬가지로 멀리하고 있다. 사람이 사는 마을에서 온 요괴는 결코 받아들이지 않지."

"인간과 인연이 있는 요괴가 산이나 바다에 살려고 하면 쫓아내는 건가요?"

"쫓아내는 정도라면 그래도 낫지. 때로는 죽임을 당하기도 한다."

유리는 잠시 할 말을 잃은 듯했지만 이내 심각한 목소리로 중얼거렸다.

"……그건, 사람이 사는 마을에 있는 요괴들은 살 곳을 자유롭게 고르지 못하고, 이제는 인간과 함께 살아가는 것 외에는 선택지가 없다는 뜻이잖아요?"

"맞아. 그러나 살아가려고 해도 도시에는 식량이 없다. 산과 바다에서의 삶처럼 자연의 은혜를 받을 수 없으니, 살아남기 위해서는 훔치거나 쓰레기를 뒤질 수밖에 없지. 카쿠리가미가 아닌 요괴는 여기서 사는 걸 강요당하면서도, 제대로 살아갈 수단을 무엇 하나 갖고 있지 않아. 요괴에게는 아무런 사회적 보장도 없으니, 굶어 죽는 요괴도 있고, 비바람을 피하지 못해 얼어 죽기도 하지. 적어도 요괴에게 돈을 벌 수단이 있다면…… 하는 생각을 했고, 표면적인 장사가 궤도에 오른 작년 말부터 뒤로도 장사를 시작했던 거다."

"치하야 씨는 요괴에게 은혜를 베푸는 게 아니라, 자립하게 하고 싶었던 거군요."

"……그래. 그저 베풀어주는 건 간단하다. 하지만 그래서
는 내가 죽은 다음엔 누가 요괴들을 보살펴줄까? 자산은 언
젠가 바닥이 날 거다. 하지만 회사라면 남지. 우수한 후계자
에게 잇게 하면, 그 후에도 요괴가 먹고살 걱정은 하지 않아
도 될 테지."

"죄송해요…… 저, 치하야 씨를 오해해서…… 저기, 하지
만, 그러니까……."

"뭐지? 머뭇거리지 말고 어서 말해!"

시키는 또다시 짜증을 내며 말했다.

그러자 검은 머리카락이 늘어뜨려진 유리의 어깨가 흠칫
떨렸다.

또 화를 내려나.

아니면 설마—울려나 했더니만, 유리는 고개를 들고 예상
치도 못했던 말을 했다.

"치하야 씨, 죄송합니다. 저, 역시 그만두겠다던 말은 철
회할게요!"

"……뭐?"

"옛날부터 가난뱅이였던 저는, 배고픈 괴로움이나 추위에
떠는 괴로움을 잘 알아요. 하지만 인간은 건강한 신체만 있
으면 설령 잔돈푼밖에 못 번다고 해도, 어쨌든 일에는 종사

할 수 있죠. 하지만 요괴는 아무리 의욕이 있어도 취업하기가 어려운 거잖아요? 치하야 씨 말투가 마음에 들지 않는 건 분명하지만, 사회적 약자인 요괴에게 관심을 두고, 요괴의 고용 문제에 마음을 쓰는 점에서는 치하야 씨가 무척이나 훌륭하다고 생각해요."

"……아, 그래. 그거 고맙군. 하지만 딱히 훌륭하진 않아. 이런저런 딱한 요괴들에게 다가가고 싶다고 바라는 건, 단순한 나의 자기만족에 지나지 않으니까."

"자기만족……?"

"……요괴가 행복을 손에 넣고 구원을 받으면, 나도 구원을 받는 듯한 기분이 들거든."

유리가 살짝 고개를 갸우뚱하는 모습을 보며 시키는 바로 쓸데없는 이야기까지 해버렸다는 것을 깨닫고 후회했다.

어차피 정해진 계약 기간 동안만 관여할 터인 아르바이트생이다.

계속 여기 머물지 않는다.

그녀에게는, 자신의 사적인 감정을 이야기할 필요도 의미도 없는 것이다.

하지만―.

'이 여자아이가 너무 진지하게 이야기를 들으니 나도 모르게…….'

더는 아무것도 이야기하지 않겠다며 시키는 애써 평탄한 목소리로 말했다.

"확인하겠는데. 그만두겠다던 말을 철회하고 싶다는 건, 여기서 일해주겠다는 뜻이겠지? 물론 바라던 바다. 이대로 계약 성립이라는 걸로 괜찮겠나?"

"네!"

유리는 꽃이 만개한 듯 활짝 웃었다.

'좋아…….'

시키는 이 흐름이라면 말할 수 있다고 생각했다.

"그리고, 돌아와줘서 고맙다. 네가 있어줘서 큰 도움이 됐어."

"……."

어이, 어째서 갑자기 입을 다무는 거지?!

시키는 초조해하며 유리를 바라보았다. 유리는 쑥스러운지, 귀까지 빨갛게 물들어 있었다.

'뭐지? 이 여자아이는?'

생긴 것과 다르게 건방지고, 어른스러운가 했더니만 결국 여자아이는 여자아이였다.

이래서야 괴짜를 상대하는 일이 많은 요괴 파견 업무를 감당할 수 있을는지.

그러나 계약을 맺고 나면 적어도 계약을 갱신하는 6월 말까지는 제대로 일해주어야만 한다.

"매뉴얼을 주도록 하지. 다음에 올 때까지 내용을 살펴보고 오도록."

시키는 서양식 책상 위에 방치되어 있던 매뉴얼을 들어 유리에게 건넸다.

치하야에게 현관홀까지 배웅을 받고, 유리가 문을 열자 그곳에는 생각지도 못했던 인물의 모습이 있었다.

유리가 지내는 사고 물건의 집주인이었다. 그녀는 양손으로 커다란 종이 상자를 끌어안고 있었다.

"시키 군, 갑자기 미안해요. 우리 집 텃밭에서 캔 감자를 나눠주러 왔는데— 응? 어머나! 어머나 어머나 어머나! 유리잖아?! 세상에!"

"앗, 주인아주머니? 안녕하세요. 저 여기 아르바이트 면접을 보러 왔어요. 주인아주머니와 사장님이 아는 사이라는 말을 듣고 깜짝 놀랐지 뭐예요!"

"내가 이래 봬도 발이 넓거든. 그보다, 아르바이트? 기특하기도 해라. 붙었어?"

"네! 채용해주셨어요!"

"그래, 잘됐구나. 시키 군, 유리한테 친절하게 해줘."

"예, 물론이죠. 경영자에게 종업원은 무엇보다 중요한 보물이니까요."

치하야는 바로 직전까지 유리에게 지어 보이던 씨익……
같은 음험한 미소가 아니라, 상큼한 성격 좋은 청년 같은 미
소를 지어 보였다.

'……내숭쟁이 사장님…….'

유리는 어이없어하면서 "그럼 저는 이만……" 하고 인사를
한 다음 두 사람을 두고 돌아섰다. 주인아주머니는 집 안에
들어갈 생각은 없는지 현관 앞에 선 채로 치하야와 이야기를
시작했다.

회사 대문을 나서기 전에 유리는 문득―정말로 무심코 현
관 쪽을 돌아보았다. 그리고 보았다. 현관의 등롱 아래 선
집주인의 머리가 거대한 소머리가 되어 있는 것을.

'아?!'

이게 어찌 된 거야?! 하고 유리는 깜짝 놀랐다.

설마, 설마하니, 요괴가 이렇게나 자신의 가까이에 존재하
고 있었다니!

츠쿠모가미와 딸기 없는 딸기 찹쌀떡

다음 날 3교시.

교과서와 프린트를 밑에 깔아두고, 지금 유리의 책상을 차지하고 있는 것은 '치하야 요괴 파견 회사 업무 입문'이라는 제목이 붙은 서류 다발이었다.

어젯밤, 돌아오던 길에 치하야에게 받은 것으로 오늘까지 읽어 오라는 말을 들었다.

그 일이 있었던 다음 날 바로 첫 출근이다. 스스로 치하야 아래에서 일하기를 선택했다고는 해도 역시 첫날은 긴장이 되는 법이라, 제아무리 유리라고 해도 오늘만큼은 제정신이 아니었다.

교수의 이야기를 한 귀로 듣고 한 귀로 흘렸다.

"그럼 여기에서 잠시 여러분의 의견을 들어보도록 하지. 『시노다즈마(信太妻)』의 쿠즈노하는 왜 여우인 걸까? 너구리라든가, 고양이라든가, 그 외에도 인간으로 둔갑할 수 있다고 알려진 유명한 동물은 얼마든지 있을 텐데. 어디, 그래, 그렇군. 창가 자리에 앉은 흰옷을 입은…… 자네."

문득 정신을 차리고 보니 교실이 고요했다. 오늘은 묘하게 조용하다고 멍하니 생각하고 있으려니 오른쪽 옆자리에 앉은 (오늘은 아마도 진짜인) 루나가 유리의 어깨를 찔렀다.

유리! 지명받았어! 자그맣게 속삭여진 그 말에 유리는 눈을 깜빡였다.

『시노다즈마』. 앗, 다른 프린트를 보고 있었던 거야?! 어째서 쿠즈노하가 여우인지를 물었지?'

불교의 교리를 쉽게 풀어 쓴 설경(說經) 중 하나인『시노다즈마』는 아름다운 여자로 둔갑한 여우 쿠즈노하가 인간 남자의 아내가 되어 결국에는 아이를 낳는데……라는 줄거리의 이야기다. 줄거리는 알지만, 어째서 쿠즈노하가 여우인지 같은 건 생각해본 적도 없었다. 그러나 대답하지 않으면 수업이 진행되지 않는다.

교실에 자리한 백 명 정도의 학생들은 장학생인 자신과 달리 모두 비싼 수업료를 내고서 이곳에 온 이들이다. 그것을 헛되게 할 수는 없는 일이다. 유리는 30초 동안 머리를 고속 회전시켜 지금까지 쌓아온 모든 지식을 살폈다. 그리고 떠올렸다.

교수의 눈을 똑바로 바라보며 유리는 분명한 목소리로 답했다.

"첫 번째는, 여우의 생태입니다."

"흐음. 무슨 뜻이지?"

되묻는 교수를 향해 유리는 망설임 없이 대답했다.

"여우에게는 너구리나 고양이한테는 없는 습성이 있습니다. 어미 여우는 새끼 여우를 떼어놓을 때, 새끼 여우를 세게 물거나 할퀴며 위협합니다. 그리고 새끼 여우는 어미 여우에게서 도망치는 형태로 홀로 떠나게 됩니다. 모든 것은 새끼를 생각하는 어미 여우의 사랑에서 비롯된 행동이고, 그 점이 이야기를 듣는 이들에게 애절함을 불러일으키기 때문에 『시노다즈마』의 여주인공 쿠즈노하는 여우가 되었다고 하는 설이 있습니다. 두 번째로, 『시노다즈마』가 성립한 근세의 하급 음양사는 이나리 신앙이 받아들인 물의 신과 양잠의 신 등을 전부 신앙의 대상으로 삼았다고 하는데, 여우도 당연하게―."

"아아아알았네! 음, 그, 그 정도면 됐어. 응. 내, 내가 나설 차례가 없어지지 않나! 자, 여러분. 완벽한 대답을 해준 학생에게 박수!"

짝짝짝…… 하고 교실 안에서 박수가 터져 나왔다.

"자, 그럼 다음으로 넘어갑시다. 음, 어디까지 했지? 아, 프린트 두 번째 장을 다루던 중이었지. 그러니까, 「야스나, 이상하게 여기는데, 장지문에 남겨진 시 한 구절」."

그리우면 찾아오오 이즈미 시노다 숲 슬픈 쿠즈노하.

"……라는" 하고 교수가 말한 순간 종소리가 울렸다.

"자, 그럼 오늘은 여기까지. 다음 시간에는 쿠즈노하의 노래를 해석하는 부분부터 시작하지. 다음 주까지 각자 프린트를 읽어봐 두도록. 아, 그리고 출석 카드는 뒤에서 앞으로 전달해주겠나?"

앞자리 사람에게 카드를 전달하고 유리는 지친 듯 책상 위로 쓰러졌다.

"유리, 잠 못 잤어? 성실한 유리가 오늘은 좀 멍해 보이네."

노트와 프린트 등을 가방에 넣으며 루나가 걱정스레 물었다.

수업이 끝나고, 교실 안은 들고 나는 사람들과 소녀들의 수다로 완전히 시끌벅적해졌다.

"응, 좀 반성했어. 모두의 1분 치 수업료를 낭비해버렸어."

"푸훗, 그게 뭐야? 하지만, 나 유리의 대답에는 엄청나게 감동했어! 유리가 한순간, 신이나 부처님처럼 신성해 보였다니까. 그나저나 여우라고 하면. The 요괴! 그런 느낌이지 않아?"

"루나는 요괴 같은 게 있다고 봐?"

치하야 요괴 파견 회사의 매뉴얼을 슬그머니 챙겨 넣으면서 유리는 물었다.

그러자 루나는 갑자기 진지한 얼굴을 하더니 "아니, 당연히 있지"라고 말했다.

"본 적은 없지만, 쿠즈노하 같은 게 있을 정도니까. 어제 고전 문학 입문에서도 위험한 생령(生靈)이 나왔잖아? 뭐였더라? 그러니까 로쿠조노미야스도코로(*겐지모노가타리의 등장인물로 생령이 된다.)? 엄청난 질투였지. 지나치게 일편단심이었던 걸까? 나라면 겐지가 로리콤인 시점에서 바로 끝일 텐데

말이야. 그나저나 유리, 아르바이트 면접 본다고 했지? 어떻게 됐어?"

"아, 응. 무사히 붙었어."

"와, 바로 채용되다니 대단해! 역시 유리! 그래서, 아르바이트는 언제부터야?"

"오늘, 지금부터. 오늘은 수업이 3교시까지만 있다고 했더니, 그럼 바로 오라더라고."

"유리는 기대받고 있구나."

"기대?"

―돌아와 줘서 고맙다. 네가 있어줘서 큰 도움이 됐어.

그런 식으로 말해줘서 기뻤다.

그러나 어제는 우연히 치하야에게 도움이 되었을 뿐이다.

앞으로도 그렇게 칭찬받고 싶다면 정신을 바짝 차려야만 한다.

키치조지역까지는 학교 앞에서 버스를 타면 10분 거리다.

유리는 이노카시라 공원 쪽을 향해 꽃구경 인파로 붐비는 나나이바시도리를 걸었다.

유리는 생각했다.

치하야는 유리를 채용한 이유로 세 가지 사항을 들었다.

첫 번째는 요괴를 보고도 놀라지 않은 것.

두 번째는 씩씩함과 뻔뻔함과 근성이 있다는 것.

세 번째는 도중에 원령에 홀리지 않고 회사에 도착한 것―.

어제에 한해서 길을 감추었던 것이라면 오늘은 평범하게 도착할 수 있을 터다. 도착하지 못했다면 곤란했겠지만, 유리는 무사히 주택지의 한쪽에 있는 자그마한 토리이를 발견했다.

토리이 너머에는 가늘고 긴 길이 이어져 있었고, 석등과 버드나무들이 군데군데 서 있었다.

유리는 토리이를 지나 똑바로 치하야 요괴 파견 회사를 향해 나아갔다.

맑게 갠 봄 하늘 아래에서 보는 치하야의 집은 어둠 속에서 보았을 때와는 사뭇 달라 보였다.

징검돌 주변의 잔디는 비취처럼 반짝였고 분홍빛 꽃잎이 하늘하늘 흩날리는 건물에는 정취가 느껴질 뿐, 오싹한 느낌은 전혀 없었다.

치하야는 동서양이 절충된 이 저택의 2층을 자신의 개인 주거 공간으로 쓰고 있었고, 1층은 통째로 사무실로 삼고 있는 모양이었다. 그래서 1층에 있는 사무실과 주방과 응접실과 다실의 출입은 자유로웠다. 현관을 들어갈 때도 문을 노크할 필요는 없었다. 오히려 귀찮으니 하지 말라는 말까지 들었다.

"출근해볼까."

혼자 중얼거리고 유리는 열린 문 안쪽으로 발을 내디뎠다.

어제는 눈치채지 못했는데, 현관 오른쪽에는 유리문이 달린 게시판이 세워져 있었다.

거기에는 차가운 느낌의 폰트로 적힌 구인 광고가 몇 개나 붙어 있었다.

컴퓨터나 휴대전화를 갖고 있지 않은 요괴들이라도 직접 이곳을 방문하면 일을 찾을 수 있도록 배려한 것일까?

그나저나―.

목욕탕, 막과자 가게, 일본식 디저트 가게, 관상어 가게, 장신구 가게…… 주산 학원의 구인 광고도 있었다.

헤이세이에 태어난 유리에게는 익숙하지 않은, 쇼와 시대의 정취가 감도는 가게들뿐이었다.

유리는 그것들을 한 번 훑어본 다음 살짝 현관문을 닫았다.

"실례합니다"라고 속삭이듯 말하면서 펌프스를 벗고 집 안으로 들어갔다.

안쪽으로 이어지는 곳의 장지문은 활짝 열려 있었다. 어제는 어두워서 잘 보이지 않았는데, 유리창 너머로는 잘 정돈된 일본식 정원이 한눈에 보였다.

푸릇푸릇한 잔디 위에는 물받이와 돌 장식이 배치되어 있었고, 멋진 소나무가 자라고 있었다.

그 조금 앞쪽에는 연못이 있었는데, 연못에는 난간이 달린 야트막한 붉은색 아치형 다리가 걸려 있었다.

다리 아래에서는 빨간색, 금색, 은색 비늘로 덮인 비단잉어가 유유자적 헤엄치고 있을 것이 틀림없었다.

정원을 바라보며 걷는 사이에 장지문에 푸른 소나무와 학 그림이 그려진 커다란 방에 도착했다.

그 더욱 안쪽에 있는 작은 방─일터로 이어지는, 매화와 휘파람새가 그려진 장지문은 열린 채였다.

일터는 변함없이 오래된 창고 같았다. 어젯밤에는 없었던 것도 있었다. 오동나무 선반 위의 붉은 후리소데 차림을 한 일본 인형, 붉게 칠하고 금으로 치장한 히나 도구, 오색 사슴 장식, 그리고 방 한쪽에 단을 높여 장식한 곳에 걸린 순진해 보이면서도 어딘가 요염한 소녀 유령이 그려진 족자가 그랬다.

책상 앞에는 치하야가 있었다. 흐릿한 눈으로 노트북 컴퓨터 화면을 바라보고 있었다.

여전히 장례식장에 다녀온 듯한 새카만 정장에 새카만 넥타이 차림이었다. 화창한 봄날이건만, 치하야의 주변만 부옇게 어두운 기운이 서린 듯 보였다.

그것은 딱히 상관없었다. 유리는 치하야보다도, 그 정면 자리에 앉아 있는 존재에게 시선을 빼앗겼다.

'캇파가 앉아 있어! 처음 봤어.'

태연한 표정을 한 캇파가 의자에 앉아 있었다. 머리에는 뾰족뾰족한 테두리가 달린 접시가 얹어져 있었고, 노란색 부리가 달려 있었다. 그 외에는 온몸이 녹색이었다.

치하야는 마우스 위에 손을 올리고 화면을 스크롤 하면서 캇파에게 무언가 이야기를 하고 있었다.

"우리 회사는 주로 매우 작은 규모의 상점과 개인과만 제휴하고 있어. 수영장 감시원 일은 좀처럼 없지. 덴야쿠료(*궁내성에 속하여 궁중의 의료와 의약 등을 맡아보던 관청.)에서 온 구인 요청도 지금 보고 있는데…….."

「그런가…….」

캇파가 어깨를 축 늘어뜨렸다.

'사장님과 캇파가 평범하게 대화를 하고 있어! 과연, 이게 치하야 요괴 파견 회사의 일상 풍경이란 말이지?'

유리는 재빠르게 동요를 가라앉혔다. 손님 응대 중인 치하야를 방해하지 않도록 "안녕하세요" 하고 자그마한 목소리로 말하며, 치하야의 옆―즉 캇파의 대각선 앞 좌석에 앉았다.

"어서 와."

그리 말하며 치하야는 유리를 힐끔 본 후, 곧바로 컴퓨터로 다시 시선을 돌렸다.

「알았어. 그럼 더는 주오선이나 이노카시라선 노선 주변을 고집하는 건 그만둘게!」

캇파가 결의한 듯 말했다. 그러자 치하야는 마우스를 더블 클릭하고, 노트북 컴퓨터 화면을 캇파 쪽으로 휙 돌렸다. 캇파 쪽으로 돌리기 전에 슬쩍 엿봤는데, 거기에는 한 통의 메일이 띄워져 있었다.

"그렇다면 이것밖에 없어. 사이쿄선의 한 역에서 버스로 30분. 사이타마현 모처에 있는 전교생 수 열두 명인, 폐교 직전의 오래된 초등학교 수영부 코치. 캇파 우대라는군. 이 학교는 교장의 방침으로 요괴 학습 수업을 도입하고 있기 때문에 학생과 보호자 모두 요괴에 관해 이해하고 있지."

"사장님. 그런 학교가 있는 건가요?"

유리가 놀라서 묻자 치하야는 답했다.

"많지는 않지만, 지역색이 강한 학교 등에서는 드물게 그런 곳이 있지."

"그런가요."

간단히 받아들여도 괜찮은지 어떤지는 잘 알 수 없었지만, 그렇다면 그런 것이리라. 그렇지 않다면 요괴 파견업 같은 것이 성립할 수 없을 터다.

「사이쿄선이라~. 신주쿠에서 갈아타는 건 편하지만, 아침

출근 시간대가 말이지. 너무 혼잡하면 변장을 해도 한 명 정도는 꼭 내가 캇파라는 걸 눈치채거든.」

캇파는 그다지 내켜 하지 않았는데, 유리는 그것도 무리는 아니라고 생각했다.

접시와 등껍질과 부리는 모자와 옷과 마스크로 어떻게 감출 수 있을 테지만, 아무래도 온몸이 녹색인지라 완전히 사람인 척하기는 어려울 것이다.

그러자 치하야는 "잘 읽어봐"라고 말하며 메일의 한 문장을 가리켰다.

"직원 기숙사가 있다. 게다가 요괴 수당이 붙어서, 한 달에 5천 엔이면 살 수 있는 모양이야."

「뭐? 정말?! 5천 엔이라니 엄청나잖아! 히가시나카노의 지은 지 30년에 욕실 없고 화장실은 공동인 허름한 아파트보다 싸다고! 그럼 거기로 할게! 지금 당장 지원해줘!」

"알았다. 그럼 이걸로 일을 진행하도록 하지."

치하야는 컴퓨터 방향을 다시 돌리더니 키보드를 두드리기 시작했다.

'나는 뭘 하면 좋으려나.'

유리가 묻기 전에 눈치챈 듯 치하야가 먼저 입을 열었다.

"신도, 스미다가와 씨에게 다과를 더 내드려."

캇파의 이름은 스미다가와 씨인가 보다.

유리가 "미처 알아채지 못했네요……"라고 말하며 캇파 앞에 놓여 있던 빈 잔을 손에 들려고 하자 스미다가와는 표정을 찌푸렸다.

「과자는 감사히 먹겠지만, 차는 됐어. 아까 마신 차는 어쩐지 여러 번 우린 것 같은 맛이었으니까.」

"그러고 보니 어제 왔던 이나바 씨도 여러 번 우린 것 같은 차라고 하셨어요."

악의 없이 말한 유리는 문득 시선을 깨달았다.

옆자리에서 치하야가 차가운 황금색 눈동자로 이쪽을 빤히 바라보고 있었다.

"우리 회사에서는 손님을 정중히 대접하는 정신을 중요하게 여겨서, 카나자와의 오래된 유명한 가게에서 가져온 최고급 찻잎을 쓰고 있다. 그런데도 여러 번 우린 것 같은 맛이라고 한다면, 마시는 쪽의 미각이 이상한 걸 테지."

「어? 최고급 찻잎이라고? 그럼 마시지 않으면 손해인 것 같은 기분이 드니까 마실래.」

스미다가와는 갑자기 적극적이 되어, 직접 유리에게 다과 쟁반을 건넸다.

타산적이네, 하고 생각하면서 유리는 쟁반을 받아 들고 방을 나와 주방으로 향했다.

주방과 준비실은 사무실 바로 뒤쪽에 있었다. 하얀 벽으로

둘러싸인 주방은 밝고 널찍한 공간으로, 중앙에는 조리 실습실에서 볼 법한 스테인리스 조리대가 있었다.

벽면에는 골동품인 듯한 다이쇼 시대의 레트로한 분위기의 유리가 끼워진 식기장이 놓여 있었다.

유리 너머에는 와지마에서 만들어진 것으로 보이는 칠기류와 사시사철의 꽃과 새가 그려져 있는 쿠타니 지방에서 만들어진 자기들이 가지런히 놓여 있었다.

'부잣집에 있는 물건이니까, 전부 고급품일 게 틀림없어.'

함부로 만졌다 떨어뜨리기라도 하면 큰일이라며 유리는 식기장에 접근하지 않기로 했다.

창가에는 가스레인지와 개수대가 설치되어 있었지만, 청결함을 유지하고 있다기보다 새것처럼 반짝반짝했다. 치하야가 평소 밥을 해 먹지 않는다는 것은 명백했다. 유리는 그것으로 눈치챘다. 어젯밤 치하야는 식사 포함이라는 말은 치하야의 돈으로 유리가 요리를 한다는 뜻이라고 말했었는데, 그는 어쩌면 평소 편의점 도시락이나 냉동식품만 먹는 자신의 식생활에 염분이나 첨가물 같은 영양적인 면에서 위기감을 느끼고 있는지도 모른다는 사실을.

'그 사람, 밥을 안 해 먹는 게 아니라, 아마도 못 하는 걸 거야. 가사 능력이 없어 보이는걸.'

유리는 약간 우쭐한 기분을 느끼면서 물이 담긴 주전자를 불에 올렸다.

카나자와의 유명한 가게에서 가져왔다고 하는 차는 동으로 된 차 통에 담겨 있었고, 스테인리스 조리대 위에 내놓아진 채였다.

유리는 차 통의 뚜껑을 열고 냄새를 맡았다. 여러 번 우린 맛이라는 불평이 이어지는 것을 보면 혹시 상한 것은 아닐까 싶었는데, 그렇지는 않은 듯했다.

고급이 아닌 찻잎과의 차이는 알 수 없었지만, 제대로 된 호지차 향이 났다.

주방 창은 활짝 열려 있었다.

불어 들어오는 봄바람은 벚꽃 향기를 품고 있었다.

유리는 좋은 생각을 떠올렸다.

차에 벚꽃을 띄우면 여러 번 재탕한 인상은 사라지지 않을까, 하고.

물이 적당한 온도가 되려면 아직 시간이 더 필요할 터다. 유리는 주방 문을 통해 밖으로 나왔다.

뒤뜰도 구석구석 잘 손질되어 있었고, 올벚나무가 잔디에 옅은 꽃그늘을 드리우고 있었다.

유리는 갓 핀 듯한 벚꽃 한 송이를 꽃자루에서 따서 주방으로 돌아왔다.

물이 팔팔 끓기 직전에 불을 껐다.

유리는 찻잎을 뜸 들이는 사이에 선반에 준비되어 있던 과자를 접시에 담았다.

과자를 싼 연두색 종이의 뒷면에는 키미시구레라고 쓰여 있었다.

'키미시구레가 뭐지? 부자들 음식 같아.'

일하는 중이지만 지적 호기심에 패배하여 곧바로 스마트폰으로 검색을 해본 결과, 키미시구레란 흰 팥소에 달걀노른자를 섞어 찐 유채꽃 색의 화과자라는 것이 판명되었다.

일본 전통 식기에 관한 건 더 몰랐지만, 계절감이 있는 편이 좋으리라고 생각해 찻잔은 벚꽃이 그려진 것으로 골랐다.

「아, 이번에는 여러 번 재탕한 것 같지 않아.」

유리가 내준 차를 마신 캇파, 스미다가와는 그런 감상을 말했다.

「벚꽃 잎이 띄워져 있어서 이미지적으로 어쩐지 좋은 향기가 나는 듯한 기분이 드는 것도 그렇지만, 뭐랄까, 그, 마음을 담아서 정성스레 끓인 느낌이 들어.」

"고맙습니다."

평범하게 끓였을 뿐이지만, 칭찬을 받는 기분이 나쁘지 않다. 유리는 기뻐하며 미소 지었다.

스미다가와는 키미시구레를 부리 안에 던져 넣고 차를 마시더니 자리에서 일어났다.

「잘 먹었어. 그럼 사장님, 잘 부탁드립니다.」

그럼 이만, 하고 말하면서 스미다가와는 치하야 요괴 파견 회사를 떠났다.

캇파를 배웅한 다음 치하야는 냉큼 유리에게 물었다.

"너는 다례를 익힌 건가?"

"그런 걸 배웠을 리 없잖아요."

가난뱅이가 높으신 분들이나 익힐 법한 예법을 배울 여유가 어디 있겠냐!

그런 거친 판죽은 가슴속에 담아두고, 유리는 냉정한 목소리로 말을 이었다.

"그리고 귀찮으니까 집에서는 언제나 티백입니다."

그것도 슈퍼에서 50개 묶음으로 파는 알뜰 팩이다.

"다례를 익힌 적이 없다고? 그렇다면 어째서? 나는 어릴 때부터 다례의 소양을 쌓아왔는데."

어째서 내가 끓인 차는 여러 번 재탕한 차 같다고 하고, 차에 관해서는 아무것도 모르는 신도가 끓인 차는 칭찬하는 거지? 치하야는 컴퓨터를 바라보면서 투덜투덜 중얼거렸다.

어째서일까? 유리도 함께 진지하게 생각해보았다.

돈을 들여 배우기는 했지만 절망적일 정도로 차에 관한 센스가 없다든가?

그런 생각이 들었지만, 너무 노골적이라 말할 수 없었다.

"스미다가와 씨의 의견을 바탕으로 생각하면, 정성스럽게 끓였는가 아닌가의 차이가 아닐까요?"

"너는 내가 차를 대강대강 끓였다고 말하고 싶은 건가?"

"그, 그런 게 아니라."

말을 골라 할 셈이었는데 괜한 짓이었나 보다. 유리가 당황한 그때였다.

똑, 똑, 하고 마침 타이밍 좋게도 현관문을 노크하는 소리가 들렸다.

"다음 파견 등록 희망자가 온 모양이다. 나가서 응대해."

"네."

사장님 명령에 유리는 고개를 끄덕이고 현관을 향해 빠르게 걸음을 옮겼다.

이번에는 어떤 요괴가 왔을까 하며 마음의 준비를 했지만, 문을 열어보니 아무도 없었다.

"??? 투명 인간?"

유리가 어리둥절해하고 있는데, 「이보시오, 여기요, 여기」하고, 발치에서—무척 낮은 위치에서 목소리가 들려왔다.

유리는 아래를 내려다보았다. 발 앞쪽에 무언가가 있었다. 고양이? 아니, 개다. 앞다리와 뒷다리에 검은 얼룩이 하나씩 있는 하얀 개였다. 하지만 평범한 개가 아니었다.

고양이와 닮았다든가, 치와와 정도의 크기밖에 안 된다든가 하는 그런 자잘한 것들 때문이 아니라, 아사쿠사의 신사 안 상점 등에서 흔히 볼 수 있는 동그란 눈을 한 이누하리코(*개 모양 장식으로. 액막이나 장난감으로 쓰이기도 한다.)였던 것이다. 파란 바탕에 홍매화 그림이 그려진 안장을 얹고, 빨간 딸랑이 북을 지고 있었다.

　말을 한다는 것은 요괴, 츠쿠모가미인 것이리라.

　"파견 등록을 원하는 분이시죠? 어서 오세요. 저는 신도 유리라고 합니다."

　유리는 명함 지갑을 꺼내, 일찌감치 치하야에게 받아두었던 명함을 이누하리코에게 건넸다.

　「소인은 마메다이후쿠(豆大福)라 하오!」

　"마메다이후쿠 씨. 자, 안으로 들어오세요."

　유리는 미소를 띠고 응대했다.

　마메다이후쿠를 매화와 휘파람새가 그려진 문 너머로 안내하자, 치하야는 자리에서 일어나 마메다이후쿠에게 인사했다.

　치하야에게서도 명함을 받은 마메다이후쿠는 예의 바르게 자세를 가다듬고 자기소개를 시작했다.

　「소인은 참으로 파견 등록을 희망하는 바이오이다. 이름은 마메다이후쿠라고 하오. 앵당의 주인이 와병 중이라 한동안 가게가 휴업하게 된 고로, 그 사이에 할 일을 찾으러 왔소이다.」

유리는 그 말을 들으면서 스미다가와에게 내주었던 다과 쟁반을 정리했다. 주방에서 마메다이후쿠에게 대접할 차를 다시 끓이고, 옻칠된 그릇에 콩가루를 묻힌 떡을 담아 들고 사무실로 돌아갔다.

면접은 이미 시작된 상태였다. 마메다이후쿠는 치하야의 맞은편 책상 위에 조심스럽게 앉아 있었다. 너무 작아서 의자에 앉으면 모습이 보이지 않기 때문에 책상 위에 앉은 것이리라.

"희망하는 취직처는?"

「'초코레이당'의 간판 상품, 초콜릿 딸기 찹쌀떡을 만드는 일을 하고 싶소이다!」

"최근 샤미센요코초에 생긴 화과자 가게로군. 거기는 채용 조건이 꽤 까다로운데."

유리는 마메다이후쿠의 옆에 차와 과자를 내려놓으며 생각했다.

'샤미센요코초에 있는 초코레이당. 가본 적은 없지만 뉴스에 소개됐던 것 같은데. 곰 모양 초콜릿 만주랑 초콜릿 딸기 찹쌀떡이 인기라, 언제나 길게 줄을 서 있다든가 하는 가게.'

마메다이후쿠는 차를 내려놓자마자 달려들어 킁킁 코를

움직이며 차 냄새를 맡았다.

「그것참, 이렇게 대단한 호지차를. 가가보차(＊유명한 호지차. 찻잎이 아니라 줄기를 쓴다.) 중에서도 각별히 훌륭한 제품으로 보이오이다.」

"그 차이를 알다니, 대단하군."

치하야가 감탄한 듯 중얼거리자 마메다이후쿠는 의기양양하게 말했다.

「소인, 이래 봬도 화과자와 일본 차에 관해서라면 프로 중에서도 프로이오이다.」

"과연. 그럼 이력서를 좀 보여줄 수 있겠나?"

「알겠소이다.」

마메다이후쿠는 지고 있던 안장과 딸랑이 북 사이에서 접어둔 자그마한 종이를 꺼냈다. 이쑤시개를 싸는 종이처럼 작은 종이인데, 저게 이력서인 것일까?

치하야는 진지한 얼굴로 그것을 받아 들더니, 돋보기를 써서 자그마한 글자를 읽기 시작했다.

"경력은 야하타초의 오래된 화과자점 '앵당'에서 판매 및 조리 보조 경험 52년. 특기 사항은 덴야쿠료에서 주최한 '규히(＊찹쌀 과자.) 콩쿠르' 3년 연속 1위, 마찬가지로 '오코게 콘테스트'에서 심사 위원 특별상 수상, '히나가시(＊히나마츠리 때 제단에 올리는 과자.) 아트 페스티벌' 금상 수상…… 대단한걸."

「상장 복사본도 가져왔소이다.」

마메다이후쿠는 통에 말아 넣었던 종이를 꺼내 책상 위에 펼쳐 보였다. 그러자 거기에는 분명히 '헤이세이 27년도 덴야쿠료 주최 규히 콩쿠르 제1위 마메다이후쿠 님'이라고 쓰여 있었다.

"사장님. 덴야쿠료가 뭔가요?"

유리가 메모장과 펜을 손에 들고서 묻자 치하야는 간략하게 설명했다.

"헤이안 시대에 세워져서 150년 정도 전까지 계속되어왔던 행정기관이다. 메이지 시대에 폐지되었지만, 지금도 국가 비공인 조직으로서 뒤에서 기능하고 있지. 요괴 의료, 교육, 노동, 생활을 지원하려 하는 전문 지식인과 전 정치가, 오랜 요괴들로 구성되어 있다."

"그렇군요. 그런 비밀 조직이 있었던 건가요? 일본은 의외로 넓네요."

지나치게 중간이 생략된 듯한 기분도 들었지만, 유리는 세세한 부분을 생각하는 것은 다음으로 미루고, 지금은 일단 치하야의 설명을 열심히 메모했다.

"너, 아까부터 무슨 말을 들어도 놀라지를 않는군."

"아뇨, 의외로 놀라고 있는데요? 그런 조직이 실재한다고 한다면 '있는 거야?' 하고 받아들일 수밖에 없잖아요? 하지만 그런 단체가 있다는 건 좋은 일이네요."

"뭐, 그렇지. 덴야쿠료가 있기 때문에 우리의 이 뒤쪽 장사 경영이 성립되는 거라고도 할 수 있다. 역사가 오랜 덴야쿠료는 요괴의 고용자들에게 인지도도 높고, 많은 점주가 이름을 등록해놓고 있지. 우리 회사는 때때로 덴야쿠료에서 위탁을 받아서 파견 스태프를 모집하기도 한다."

"요괴를 고용하는 사람이 그렇게 많을 거라고는 생각하지 못했어요."

"있다. 네가 깨닫지 못했을 뿐이야. 네가 살고 있는 사고 물건의 집주인도 요괴였잖나?"

"듣고 보니, 머리가 소였죠."

"그리고…… 예를 들면 너는 여기 오는 도중에 나나이바시 도리 부근에서 '요괴 이자카야' 앞을 지났을 테지? 그건 콘셉트 이자카야 같은 게 아니라 진짜 요괴를 고용한 거다. 갑자기 천장에서 떨어져 손님을 놀라게 하는 곤약도 요괴다."

"네? 저, 실은 그 가게에 아빠랑 둘이서 간 적이 있는데, 혹시, 그때 제 어묵에 들어 있던 한펜(*으깬 생선 살에 마 등을 갈아 넣고 반달 모양으로 찐 음식.)도 요괴……."

"아니, 그건 그냥 한펜이었을 거다."

유리는 안심했다. 치하야는 다시 마메다이후쿠와 대화를 시작했다.

"이야기가 끊겨버려 미안하군. 이 사람은 아직 연수 중이라, 이해해주길 바라네."

「괜찮소이다. 소인에게도 그런 풋풋하던 시절이 있었소이다.」

마메다이후쿠는 서글서글하게 웃다가 갑자기 불안한 표정을 지으며 치하야에게 물었다.

「그래서, 초코레이당 건은……」

"채용이다."

「예엣?!」

"실무 경험이 50년 이상, 혹은 덴야쿠료 주최 '규히 콩쿠르'에서 3위 이상의 성적을 거둔 요괴일 것. 그게 초코레이당의 점장이 제시한 채용 조건이었는데, 자네는 양쪽 모두를 만족시키니까 말이야. 일본어가 이상하기는 하지만 의사소통 능력에도 문제는 없는 것 같으니, 초코레이당에 이야기를 해두지."

「소인, 붙은 것이오?!」

"여기서는. 다음은 그쪽과 미팅을 가져야 하는데, 아주 이상한 짓을 하지 않는 한은 붙을 거다."

「미팅이란 건 무엇이오이까?」

"우리 회사 파견 스태프와 취업처의 담당이 실제로 만나서 근무 조건 등의 최종 확인을 하는 걸 말하지. 대부분의 경우

미팅 날이 그대로 첫 출근 날이 된다."

「흐음. 그러한 것이오이까.」

"초코레이당은 우리 회사로서는 클라이언트(고객)다. 성실한 스태프를 파견하는 것으로 신뢰 관계가 성립되고 있지. 그러니 부디 그쪽에 폐를 끼치는 일이 없도록, 열심히 일해야 한다."

「매우 잘 알겠소이다.」

"……뭐, 됐어. 아무튼 이게 우리 회사와의 근로계약서와 서약서, 그리고 개인정보에 관한 동의서다. 전부 확인하고, 오늘 날짜와 자신의 이름을 쓰도록."

마메다이후쿠는 치하야에게 서류를 받아 들더니 서투른 글씨로 '마메다이후쿠'라고 써넣었다.

"잘됐네요. 마메다이후쿠 씨."

유리가 미소 지으며 그렇게 말했다. 살짝 듬직하지 못한 요괴이기는 하지만, 이렇게나 크게 기뻐하는 모습을 보고 있자니 응원하고 싶어졌다.

마메다이후쿠가 서명을 전부 마쳤을 때, 치하야가 말했다.

"신도, 밖까지 배웅해드리도록."

"네. 그럼 마메다이후쿠 씨, 출구까지 배웅해드리겠습니다."

유리가 앞에 서서 걷자 마메다이후쿠는 얌전히 그 뒤를 따랐다.

그 발걸음은 이곳을 찾아왔을 때보다 훨씬 가벼웠다.

그리고 로쿠로쿠비(*목이 길고 자유자재로 늘어나는 요괴.)와 우산 귀신이라는 파견 등록 희망자를 마중했다 다시 배웅했을 무렵에는 마침 19시가 되어 있었다. 휴식 시간이다.

"저녁 식사 준비를 하도록. 식사 담당인 신도."

유리가 이력서를 파일에 정리하고 있으려니, 옆에 있던 치하야가 불쑥 그런 말을 했다.

거만한 말투였다. 첫 출근으로 피로가 누적된 데다, 동시에 배고픈 참이던 유리는 치하야의 태도에 평소보다 훨씬 울컥했다.

"네? 정말로 제가 만드는 건가요?"

"그래. —말해두겠는데, 나는 주먹밥도 동그랗게밖에 못 만든다. 삼각은 못 만들어."

치하야는 마치 자랑이라도 하듯이 당당하게 그런 말을 했다.

'이 젊은 사장, 경영력은 있는가 본데, 그 이외에는 전부 글러먹었어.'

그렇게 생각하니, 불쌍히 여기는 마음이 들어 어느 정도는 평온한 마음을 되찾을 수 있었다.

"확인을 좀 하고 싶은데요. 제가 저녁 식사를 만들면, 그만큼의 시급을 받는 건가요?"

"30퍼센트 늘려주지."

"30퍼센트?! 근로기준법의 잔업 규정으로 정해진 25퍼센트보다 높다니…… 하겠습니다!"

"어젯밤에 네가 사는 곳의 집주인이 감자를 대량으로 가져다줬으니까, 그걸 써."

"감자…… 감자……. 아, 그럼 감자조림이라도 만들까요?"

"감자하면 비시수아즈 아닌가? 혹은 타르티플레트."

"네? 뭐라고 하신 건가요? 비시수아즈? 타르티……???"

"아니, 아무것도 아니다. 감자조림이든 뭐든 너 좋을 대로 해."

"알았습니다."

유리는 고분고분 고개를 끄덕이고는 주방으로 향했다. 그러나 5분도 지나지 않아 사무실로 돌아왔다.

"벌써 다 된 건가?"

"될 리가 없죠. 사장님은 정말로 요리를 안 하신다는 걸 매우 잘 알았습니다. 간장도 맛술도 설탕도 없는데, 어떻게 요리를 하란 겁니까?!"

"재료가 없으면 사 오면 될 일 아닌가?"

"뭔가요? 그 '빵이 없으면 과자를 먹으면 되잖아' 같은 발언은!"

애초에 누가 사러 가는 겁니까? 하고 묻자 치하야는 유리를 바라보았다.

"너 말고 누가 있지?"

"……정말이지! 뭐든 다 저한테—."

유리는 분개했지만, 치하야가 만 엔 지폐를 쥐여주며 "남은 건 마음대로 써도 돼"라는 말을 한 순간 얌전히 어두워진 마을로 나가 오전 1시까지 영업하는 역 앞 슈퍼로 향했다.

치하야의 돈으로 사는 것인 만큼 유리는 자제하지 않았다. 결국 국산 쇠고기가 듬뿍 들어간 고기 감자조림을 만들었고, 아버지 몫은 밀폐 용기에 담았다(남은 돈은 영수증과 함께 확실하게 돌려주었다).

"사장님, 맛은 어떠신가요? 입에 맞으시나요?"

어머니 대신 자주 가사를 해왔던 유리는 요리 실력에는 자신이 있었지만, 요리를 맛보는 상대가 입맛 까다로워 보이는 치하야인지라 조금 불안하기도 했다. 그래서.

"맛있군. 내가 정식집 점장이라면 이건 1500엔으로 가격을 정하겠어."

치하야가 그렇게 칭찬해주었을 때는 설령 그것이 입에 발린 말이라고 해도 표정이 누그러지고 말았다.

하지만 정식집에서 고기 감자조림을 1500엔에 파는 건 바가지라고 본다.

이틀 후. 마메다이후쿠와 초코레이당의 점장이 미팅을 갖는 날이 찾아왔다.

첫 미팅에는 파견 회사의 사장도 동행하도록 되어 있었다.

그날은 일요일. 보통은 인재 파견업도 요괴 파견업도 쉬는 날이지만, 미팅 날에는 임시 출근을 하게 되는 경우도 있다고 한다.

유리는 아침부터 검은색 취업용 정장을 입고서 치하야 요괴 파견 회사로 향했다.

초코레이당이 위치한 샤미센요코초는 키치조지역 공원 입구에서 도보로 10분 정도인, 이노카시라도리를 벗어난 곳에 있었다. 치하야 요괴 파견 회사에서도 그리 멀지 않지만, 평소 거의 키타구치밖에 가지 않는 유리는 무사히 도착할 자신이 없었다. 그 점을 치하야에게 전했더니, 그러면 회사에서 집합해 셋이 함께 가자는 이야기가 되었다.

8시 15분까지 회사로 오라는 말을 들었는데, 유리가 도착한 8시 정각에는 이미 사무실에 치하야는 물론이고, 마메다이후쿠까지 있었다. 검은 정장에 검은 넥타이 차림을 한 전체적으로 까만 차림의 치하야 맞은편에는 마메다이후쿠가 얌전히 앉아 있었다.

"안녕하세요. 사장님, 마메다이후쿠 씨."

"좋은 아침."

「안녕하시오이까.」

"늦어서······."

"아니, 아직 충분히 여유 있는 시간이다. 이 녀석이 너무 이른 거지. 오전 4시에 나를 두들겨 깨우러 왔거든."

치하야가 마메다이후쿠를 보면서 말했다.

"그랬나요. 그것참 고생이 많으십니다. 마메다이후쿠 씨는 의욕이 넘치시는군요."

「그야 그렇소이다······ 실패는 허락되지 않는 것이오이다······.」

마메다이후쿠의 목소리는 전장에 나서는 무사처럼 엄숙한 긴장감을 띠고 있었다.

치하야는 발치에 두었던 검은 가방을 손에 들더니 자리에서 일어섰다.

"그럼 그만 가볼까. 점장과는 8시 반에 가게 앞에서 만나기로 했다. 조금 이르지만, 여유를 갖고 나가는 게 좋을 테지."

"네" 하고 유리는 고개를 끄덕이고서 치하야와 마메다이후쿠의 뒤를 따라 걸음을 옮겼다.

우선 치하야 요괴 파견 회사를 출발해 나나이바시도리로 나왔다.

역 방향을 향해서 나아가자 평소 유리가 다니는 이노카시라도리로 나왔다.

오른쪽으로 가면 역이지만 치하야는 왼쪽으로 돌았다. 키치조지도리를 향해 걷다가 키치조지도리로 나가지는 않고 왼쪽으로 꺾고, 오른쪽으로 꺾은 다음 다시 왼쪽으로 돌아서…… 왼쪽, 왼쪽, 오른쪽, 왼쪽.

귀신에 홀리거나 한 게 아니라, 원래부터 약간 방향치 경향이 있는 유리는 도중부터 어디를 어떻게 걷고 있는지도 알 수 없게 되었지만, 모퉁이 하나를 돌아든 곳에서 갑자기 검은 나무로 만들어진 토리이가 떡하니 길을 가로막고 섰다.

치하야 요괴 파견 회사 근처에 서 있는 것 같은 자그마한 토리이가 아니라, 칸다묘진 입구에 세워진 토리이만큼 커다랬다.

토리이 한가운데에 달린 나무 판에는 먹으로 '샤미센요코초'라고 쓰여 있었다.

'여기가 샤미센요코초……. 역 근처에 이런 곳이 있는 줄 몰랐어.'

치하야는 제집인 양 토리이를 빠져나갔다.

유리는 잠자코 치하야를 뒤쫓으면서도 내심 놀라고 있었다.

유명한 키타구치의 하모니카요코초에는 쇼와의 분위기가 감도는데, 샤미센요코초의 거리는 그야말로 쇼와 초기 그 자체였다.

아스팔트로 포장되지 않은 모래 먼지가 피어오를 듯한 길을 삼색 고양이가 느릿느릿 걷고 있었다.

구름 한 점 없는 파란 하늘 아래에는 목조 건물이 나란히 늘어서 있었다.

세책집, 포목점, 막과자 가게, 금붕어 가게, 얼음 가게, 비녀 가게 등, 요즘에는 좀처럼 볼 수 없는 자그마한 개인 상점이 끝없이 처마를 맞대고 있었다.

"근처 주민들에게는 알려지지 않았지만, 이 근처는 요괴를 고용한 가게들뿐이지."

날씨 이야기라도 하듯이 치하야가 놀라운 말을 꺼냈다.

"저쪽에 목욕탕이 있는 게 보이나?"

70~80미터 정도 앞에 기다란 굴뚝이 솟아 있는 기와지붕 건물이 있었다.

기모노 차림의 할머니가 그 건물 앞을 빗자루로 느긋하게 쓸고 있는 것이 자그맣게 보였다.

"보여요. 팥색 기모노를 입은 할머니가 서 계시네요."

"저것도 요괴다. 내가 어릴 때부터 계산대에 앉아 있었지. 백 년 정도 전부터 저 모습이라더군."

"백 년……. 그럼 그야말로 베테랑 중에서도 베테랑이네요."

유리는 할머니가 요괴라는 사실보다도 치하야가 목욕탕에

다녔다는 사실 쪽에 더 놀랐다.

'겉보기와 다르게 사장님은 지역 사회 안에서 제대로 어우러지고 있는가 보네.'

이윽고 목적지인 가게 앞에서 치하야와 마메다이후쿠는 걸음을 멈추었다.

초코레이당은 지난달 갓 오픈한 곳으로 화과자와 초콜릿을 조합한 참신한 과자를 취급하지만, 예스러운 화과자점 분위기의 처마 아래에는 쪽빛 포렴이 걸려 있었다.

주의해서 살피지 않으면 지나쳐버릴 만큼 작은 가게였으나, 처마 끝에 걸린 두 개의 깃발—에는 문자로 각각 '초콜릿 딸기 찹쌀떡', '곰 초콜릿 만주'라고 쓰여 있다—은 화사한 색감으로 눈길을 끌었다.

그리고 아직 상품이 진열되어 있지 않은 쇼케이스에는 "방송에 소개되었습니다"라든가 "잡지에 실렸습니다" 같은 벽보가 붙어 있었다. —그러던 때였다.

"오오, 다들 벌써 오셨군요."

포렴을 젖히며 감색 작업복을 걸친 30대 정도의 남성이 나타났다.

"점장인 스즈키입니다."

치하야는 정장 안주머니에 손을 찔러 넣더니 남성에게 명함을 건넸다.

"치하야 요괴 파견 회사의 치하야라고 합니다."

"같은 회사의 신도입니다."

유리도 치하야를 따라 인사했다. 스즈키는 두 장의 명함을 바라보며 쓴웃음을 지었다.

"이번에는 정말 큰 신세를 지게 되었습니다. 갑자기 요괴 일손이 부족해지는 바람에 곤란했던 참입니다. 저희 본가는 하치오지에서 대대로 요괴를 고용하는 화과자점을 하고 있는데, 형이 그 뒤를 잇게 되면서 저는 여기서 편한 마음으로 가게를 열게 되었죠. 그때 찹쌀떡을 잘 만드는 마네키네코 요괴가 파트너로 함께 와줬답니다. 그런데 그 녀석, 의욕이 지나친 나머지 제가 말려도 듣지 않고 하루에 찹쌀떡을 백 개고 2백 개고 만들더니만, 건초염에 걸렸지 뭡니까."

"그것참 큰일이셨겠습니다. ……이곳 가게에서는 적극적으로 요괴를 고용하고 계신지요?"

치하야가 묻자 스즈키는 웃으며 대답했다.

"예, 종업원의 90퍼센트는 새벽의 요괴랍니다. 새벽의 요괴…… 즉, 낮에 태어난 녀석들이라 인간으로는 둔갑하지 못합니다. 아무래도 사람들 앞에 나설 수는 없는 일이니, 접객은 가족이나 요괴를 잘 아는 지인들에게 맡기고, 요괴들에게는 주방 쪽 일을 맡기고 있습니다."

"손재주가 나쁜 경우가 많은 요괴를 여럿 고용하신 데는 뭔가 이유가 있으신지요?"

"아뇨. 분명 평범한 일은 아니긴 하나 오해하시면 곤란합니다. 미리 말씀드리지만, 조그맣다고 해서 얕보고 공으로 부리거나 하는 일은 없습니다. 요괴라고 하면 시급 천 엔, 능력에 따라서는 올려주기도 하면서 일하게 하고 있습니다. 실은 말이죠, 저희 본가 맞은편이 고물상이었거든요. 제가 태어나기 훨씬 전에 그곳 주인이 죽어서 가게를 닫았다고 하는데, 그때 스물인가 서른인가 되는 츠쿠모가미가 갈 곳을 잃고 방황했죠. 너무 가여워서 전부 저희 집에 받아들였던 겁니다. 찹쌀떡 만들기의 천재인 마네키네코도 그중 하나였죠."

"그것참 기특한……. 훌륭한 일족이시군요. 저희 회사도 요괴들에게 사장님의 가게 같은 존재일 수 있었으면 좋겠습니다."

치하야가 온화하게 미소 짓는 것을 본 유리는 감탄했다. 언제나 생각하지만 치하야는 역시 회사 경영자인 만큼 본래의 음침한 웃음과 영업 스마일을 완벽하게 구분해 쓰고 있었던 것이다.

"여러 무례한 질문을 드린 것에 사과드립니다. 마네키네코 씨가 회복될 때까지 저희 우수한 스태프가 빈틈없이 가게 일을 서포트해드릴 겁니다."

치하야가 슬쩍 눈짓하자 마메다이후쿠가 종종걸음 쳐서

스즈키 앞으로 다가왔다.

「마메다이후쿠라고 하오이다! 잘 부탁드리는 바이오이다!」

마메다이후쿠의 모습을 본 스즈키는 활짝 쾌활한 웃음을 지었다.

"오오, 아주 조그맣지만, 기운찬 녀석이 왔군. 이렇게 작은 몸으로 '규히 콩쿠르' 1위라니, 역시 요괴는 겉모습만으로는 판단할 수가 없다니까. 오늘부터 우리 간판 상품인 초콜릿 딸기 찹쌀떡 제작 담당으로서 바쁘게 일해야 할 테니 각오해두라고!"

「잘 부탁드리오이다!」

둘은 금세 마음을 연 모습을 보였다.

'사장님이 말한 대로였어. 마을에는 우리 사고 물건의 집주인분만이 아니라, 요괴가 평범하게 녹아들어 지내는 곳이 있는 거구나.'

유리는 오랜만에 따스한 기분을 느끼며 위세 좋은 둘의 대화를 지켜보았다.

언제까지고 지켜보고픈 마음 따뜻한 광경이었지만, 그 한쪽에서 치하야는 손목시계를 보더니 유리에게 귀엣말을 했다.

"9시에 너구리가 등록하러 온다. 마메다이후쿠는 이제 맡겨두고, 같이 회사로 가지."

"네."

어느 틈엔가 치하야 요괴 파견 회사의 식사 담당이자 차 담당이 된 유리는 상황을 다 납득한 듯이 대답했다. 치하야는 다시 스즈키 쪽을 향해 서더니 정중하게 고개를 숙였다.

"그럼, 잘 부탁드립니다."

유리와 치하야는 주인을 따라서 가게 안으로 들어가는 마메다이후쿠의 모습을 지켜본 다음, 왔던 길을 다시 돌아갔다.

사건은 그날 점심시간에 일어났다.

유리는 회사 근처의 이노카시라 공원 벤치에서 집에서 싸 온 수제 점심을 먹고 있었다.

식빵 사이에 채 썬 양배추, 치쿠와, 케첩을 뿌린 가난뱅이 밥의 일종이다.

식사를 마쳤어도 회사로 돌아가기에는 아직 일렀기 때문에 유리는 스마트폰을 봤다.

'마메다이후쿠 씨, 잘하고 있으려나.'

유리는 신경이 쓰였지만, 문자를 보내면 일하는 데 방해가 되리라 생각하고 실시간 검색으로 몰래 마메다이후쿠가 맡게 된 '초콜릿 딸기 찹쌀떡'을 검색했다.

그러자 그 검색 키워드에 관련된 실시간 정보가 새로운 순으로 주르륵 표시되었다.

'초콜릿 딸기 찹쌀떡을 먹었는데, 먹어도 먹어도 딸기가 나오지 않은 채 끝났어.'

'초콜릿 딸기 찹쌀떡에 딸기적 요소가 아무것도 없었어.'

【아르바이트 테러】 초콜릿 딸기 찹쌀떡에서 딸기가 홀연히 자취를 감춤 http:…………'

'초콜릿 딸기 찹쌀떡에 딸기가 없었다. 나는 악몽이라도 꾸고 있는 걸까?'

'진짜 최악. 초콜릿 딸기 찹쌀떡 건으로 클레임 걸어야겠어.'

유리는 가방을 끌어안고서 공원을 뛰쳐나갔다. 회사로 돌아가 현관문을 열려던 때, 안쪽에서 문이 열렸다. 문을 연 사람은 검은 가방을 손에 든 치하야였다. 희미하게 숨이 거친 것을 보면 급한 용건이 생겼는지도 모른다. 하지만 유리도 급했다.

"사장님, 큰일이에요! 초콜릿 딸기 찹쌀떡이 큰일 났어요!"

가방에서 스마트폰을 꺼내려 하는 유리를 제지하며 치하야는 굳은 목소리로 말했다.

"알고 있다. 나도 스즈키 점장에게 연락을 받고 가게로 가려던 참이다. ……이런 실수는 보통 있을 수 없어. 그 개, 웃기는 얼굴을 한 주제에 일을 저질러주는군."

"어, 얼굴은 상관없잖아요."

"흥, 그런 건 됐어. 신도, 너도 따라와."

치하야의 얼굴에서는 여기에는 없는 자에 대한 분노가 생생하게 배어 나오고 있었다.

그러나 직접적으로 마메다이후쿠에게 피해를 입은 스즈키의 분노는 이런 정도가 아니리라.

유리는 결의를 담으며 고개를 끄덕이고 치하야와 함께 걸음을 내디뎠다.

두 사람이 초코레이당에 도착하여 사무실로 안내받아 간순간 스즈키의 성난 목소리가 울렸다.

"당신들, 뭐 하는 녀석을 파견한 거야?! 이건 실수가 아냐! 명백한 아르바이트 테러라고! 초콜릿 딸기 찹쌀떡에 딸기가 없으면 그냥 초콜릿 찹쌀떡이잖아!"

"면목 없습니다."

치하야는 깊게 고개를 숙였지만, 스즈키는 도무지 화가 가라앉지 않는 모양이었다.

"면목 없습니다로 끝날 일이 아니야! 미안하지만, 오전 중의 급여는 지불을 거부할 테니까 그리 알라고!"

"물론 급여를 받을 수는 없습니다. 정말로 죄송합니다."

치하야는 그저 고개를 숙이며 사과할 뿐이었다. 사과하는 것 이외에는 어찌할 방도가 없는 것이리라.

"마메다이후쿠는 어디에?"

"내뺐어! 잘못했다고 생각한다면 잡아 와서, 여기서 사죄 한마디라도 하게 하라고!"

"잘 알겠습니다. 바로 데려오겠습니다."

"죄송합니다."

스즈키는 화를 내기도 지쳤는지 깊고 긴 한숨을 내쉬었다.

"그럼 이만 됐어. 일단 가봐."

"……네. 실례했습니다. 반드시 잡아 데려오겠습니다."

치하야는 그리 말하며 문을 나섰고, 유리도 사무실을 뒤로 했다.

가게를 나오자 치하야는 곧바로 검은 스마트폰을 꺼냈다. 마메다이후쿠에게는 연락용 휴대전화를 지참하게 했으니 그 쪽으로 전화를 거는 것이리라. 치하야는 30초 정도 말없이 스마트폰을 귀에 대고 있었지만, 이윽고 포기한 듯 전화를 끊었다.

"안 받나요?"

"안 받아. 내뺀 스태프와 전화가 연결되는 경우는 드물 어……."

"그럼, 어떻게 찾아야 할까요? 집을 방문하실 건가요?"

분명 마메다이후쿠는 야하타초의 오래된 과자점 '앵당'에 서 숙식하고 있을 터였다.

그러나 치하야는 고개를 저었다.

"아니. 그쪽을 경계해서 아직 앵당으로는 돌아가지 않았을 가능성이 높아. 요기를 따라간다."

치하야는 그렇게 말하더니 입을 닫았다.

이상하게 여긴 유리가 그의 얼굴을 살피자, 마치 불길을 비춘 듯 홍채가 옅은 눈동자에 괴이한 금색 빛이 일렁이고 있었다.

그는 어디를 보고 있는 것일까?

무언가를 보고 있는 것 같으면서도 아무것도 보고 있지 않았다.

아니, 유리에게는 보이지 않는 무언가를 아마도 그는 지금 보고 있으리라.

치하야는 이윽고 살며시 입을 열었다. 마치 무언가에 씐 듯, 단정한 그 입술에서 띄엄띄엄 말이 자아져 나아왔다.

"소식 박명 이나리 축제 첫 오일(午日) 둘째 오일 세째 오일."

"네? 응? 소식? 이나리?"

유리가 곤혹스러워하며 물은 순간 치하야의 눈동자에서 갑자기 빛이 사라졌다.

"소부선을 타고 미타카역에서 주오선으로 갈아탄 다음…… 무사시사카이역에서 내렸다. 가지."

그런 걸 어찌 안 것일까?

유리의 머리는 물음표로 가득해졌지만, 지금은 그럴 때가 아니었다.

유리는 일단 먼저 걸음을 옮긴 치하야의 뒤를 쫓았다.

치하야는 역 건물 지하로 들어가더니 알 만한 사람은 다 아는 고급 카페로 걸음을 옮겼다.

입구의 진열장에는 다양한 종류의 케이크가 보석처럼 늘어서 있었다.

치하야는 한 조각에 천 엔, 혹은 그 이상 하는 케이크를 몇 개나 포장 주문했다.

유리는 간이 철렁할 정도로 놀랐다. 치하야가 케이크를 많이 샀기 때문이기도 했지만, 그것보다 치하야의 얇은 지갑에서 당연하다는 듯이 얼굴을 내민 것이 유리가 지금까지 그 존재를 도시 전설이라고 믿어 의심치 않았던 블랙 카드였기 때문이다.

그것은 분명 연 수입이 천만인가 1억인가 하지 않으면 가질 수 없다는 카드가 아니었던가…….

유리가 엄청난 것이라도 보듯이 블랙 카드를 바라보고 있을 때였다.

"연 수입이 1500만 엔 이상이고, 거기에 카드 회사에서 초대를 받으면 간단히 만들 수 있다."

묻지도 않았는데 치하야가 친절하게 가르쳐주었다.

"어디가 간단한데요?!"

가난뱅이라 기분이 울적해진 유리는 분개했지만, 이내 마음을 진정시키고 물었다.

"……그래서, 그렇게 케이크를 잔뜩 사서 어쩌실 건가요?"

"병문안 선물로 쓸 거다."

"병문안?"

"그래. 지금부터 무사시사카이 종합 병원에 간다."

유리로서는 전혀 이해되지 않는 말이었지만, 치하야는 설명할 마음이 없어 보였다.

계산을 마치고 케이크 상자를 받아 든 치하야는 택시 승강장으로 향했다. 무사시사카이라면 키치조지에서 두 정거장 거리이니 전차로 가는 편이 이득이고 도착 시간도 크게 차이 나지 않는다. 유리는 치하야에게 그 점을 전하려고 했지만, 갑자기 될 대로 되라는 기분이 되어 그만두었다.

'어차피 블랙 카드를 가진 사람한테는 몇백 엔 차이 같은 건 개미 눈물이나 마찬가지일 테지.'

두 사람은 키치조지역 동쪽 입구에서 택시를 타고 무사시사카이 종합 병원 앞에서 내렸다.

그리고 접수처에서 면회 허가증을 받고 목적한 병실로 향했다.

복도를 걸으면서 유리는 자그마한 목소리로 치하야에게

물었다.

"면회 상대는 우메키 히사지로 씨……. 앵당의 주인이었군요. 우메키 씨가 입원하셨다는 걸 사장님은 알고 계셨던 건가요?"

"아니. 그저 마메다이후쿠가 여기에 와 있다는 걸 알았고, 앵당의 주인도 같은 곳에 있을 거라 예상했을 뿐이다."

"대단하시네요. 우메키 씨는 어디가 안 좋으신 걸까요?"

"글쎄. 하지만 주인은 여든을 훌쩍 넘겼을 나이니, 다소 건강에 이상이 생겼다고 해도 이상하지 않지. ……아, 여기군."

치하야는 한 개인 병실 앞에서 걸음을 멈추었다. 병실 번호 아래에는 '우메키 히사지로'라고 쓰여 있었다. 치하야는 가볍게 노크를 한 후 문을 열었다. 그러자—.

「어, 어어어어째서 사장님이 여기에!」

히사지로가 쉬고 있는 침대 쪽에서 얼빠진 목소리가 들려왔다. 히사지로가 낸 소리가 아니었다. 그 베갯머리에 있던 마메다이후쿠가 요괴라도 본 듯한 표정을 하고서 치하야의 얼굴을 바라보고 있었다.

"여어, 놀랐는걸. 이런 우연이 다 있군. 마메다이후쿠."

치하야는 시치미를 떼고서 마메다이후쿠에게 웃어 보인 다음 히사지로 쪽으로 시선을 돌렸다.

"우메키 씨, 오랜만에 인사드립니다."

치하야가 인사하자 히사지로는 환한 표정을 지었다.

"오오, 히메가미 님 댁의 시키 군 아닌가? 이거, 잠시 못 본 사이에 훌쩍 컸군."

"저기, 히메가미 님이란 건······?"

유리가 고개를 갸웃거리며 그리 묻자 치하야는 간결하게 대답했다.

"내 본가는 신사고, 히메가미를 모시고 있지. 우메키 씨는 그곳 출신 중 한 명이다."

"그렇군요."

나이 차가 많은 두 사람 사이에 그런 인연이 있으리라고는 생각하지 못했다. 그러고 보니 치하야는 신사 집안의 아들이 었다.

"그쪽 아가씨는, 혹시 시키 군의 여자 친구인가?"

"그럴 리가요. 단순한 동료입니다."

치하야가 웃으며 답하더니 "그런 것보다"라며 화제를 바꾸었다.

"입원하셨다고 아버지께 전해 듣고 병문안을 왔습니다만······."

"그런가. 일부러 여기까지 와주다니, 고맙네."

"이건 별것 아닙니다만, 괜찮다면 거기 있는 귀여운 강아지와 함께 드십시오."

"케이크 아닌가? 화과자 직공이라는 직업상 대놓고 말할 수는 없지만, 실은 아주 좋아한다네. 어이, 잘됐지? 마메다이후쿠."

히사지로와 치하야가 동시에 고개를 돌려 바라보자 마메다이후쿠는 벅벅 머리를 긁었다.

「어, 어떻게 된 거야! 사장님이랑 영감님, 당신들 아는 사이였던 거야?!」

치하야는 미소를 유지한 채 침대 반대쪽—마메다이후쿠가 앉아 있는 쪽으로 걸어갔다.

할 일 없이 서 있던 유리도 치하야를 따라갔다.

"마메다이후쿠, 잠깐 저쪽에서 일 얘기를 좀 하고 싶은데, 괜찮을까?"

「엑?」

"……괜찮겠지?"

치하야는 마메다이후쿠를 휙 잡아 들었다. 그리고 자그마한 목소리로 슬쩍 마메다이후쿠에게 속삭였다.

"시간은 있을 거야. 왜냐면 너는 원래 지금 한창 일을 하고 있어야 할 시간이니까……."

치하야의 손바닥 안에서 마메다이후쿠는 완전히 새파래졌다.

「우…… 으…….」

으아앙 하는 소리가 이어질 것인가, 울어버리는 것인가…… 하고 유리가 걱정하며 보고 있으려니, 다음 순간 마메다이후쿠는 예상하지 못한 행동을 했다.

「시끄러워!」

치하야에게 잡힌 상태에서 갑자기 거칠게 날뛰며 그의 얼굴을 투닥투닥 때리기 시작한 것이다.

"이 녀석, 욱한 건가……!"

치하야 역시 놀란 모양이었다. 그만 잡고 있던 손을 놓치고 말았고, 마메다이후쿠는 눈에 보이지 않는 속도로 침대 아래 틈으로 들어갔다.

완전히 모습이 보이지 않게 되자 마메다이후쿠는 병실 가득 울려 퍼질 만큼 기세 좋은 목소리로 외쳤다.

「흥, 분명 초코레이당의 점장한테 날 끌고 와서 고개를 숙이게 하라는 말이라도 듣고 온 걸 테지. 허나, 나는 갈 마음 없어. 그래 그래, 이렇게 된 이상 속내를 다 알려주지. 나는 처음부터 제대로 일할 마음 없었단 말이지!」

유리는 냉정을 가장하면서도 속으로는 이 녀석 대단한걸, 하고 생각했다.

그것은 치하야도 마찬가지였던 모양이다.

"드디어 본성을 드러내는 건가. 이 녀석, 끌어내지. 신도, 어디 가서 빗자루를 빌려 와."

"사장님, 하지만."

유리는 치하야에게 그리 말했다.

"빗자루로 억지로 끌어내는 게 아니라, 스스로 나오게 하지 않으면 근본적인 해결이 안 된다고 생각해요. 마메다이후쿠 씨, 어째서 아르바이트 테러 같은 나쁜 짓을 하신 건가요? 그저 순수하게 장난을 치려던 게 아니죠? 작위적인 무언가가 느껴져요."

「당신, 치유계의 귀여운 얼굴을 하고서 꽤 날카롭잖아. 맞아, 나는 그저 짓궂은 장난으로 아르바이트 테러 같은 짓을 한 게 아냐. 초코레이당을 망하게 할 셈이었다고!」

"마메다이후쿠 씨, 어째서 그런 짓을."

「녀석들 과자는 가짜야. 규히로 가토 쇼콜라를 싸거나, 도라야키에 초콜릿 크림을 끼워 넣거나 하면서 동서양이 뒤섞인 뭔지 알 수 없는 음식을 화과자라고 사기 치고, 퍼뜨리다니. 후안무치하고 어리석기가 더할 나위 없어! 화과자의 화도 모르는 멍청한 현대인 놈들, 초코레이당이 파는 정체 모를 물체를 화과자라며 칭찬하고, 줄까지 서가며 돈을 버리지. 지금 앵당은 파리만 날리는데. 옛 영광은 그림자도 없어. 이제 세상도 끝이야, 말세라고. 새 가게가 노포를 밀어내고 정도를 벗어난 과자로 돈을 긁어모으다니, 나는 그걸 참을 수 없었다고!」

도쿄에서 나고 자란 유리도 마메다이후쿠의 도쿄내기 같은 위세 넘치는 모습에는 그만 압도되고 말았다.

허나 치하야는 직업상 이런 특이한 고집에는 익숙한 모양이었다.

차분한 동작으로 침대 옆에 무릎을 꿇더니, 아래 틈새로 슥 손을 뻗었다.

"과연. 네가 말하고자 하는 바는 알았다. 화내지 않을 테니까, 우선은 밖으로 나와. 마메다이후쿠."

「싫거든! 너 한껏 부드러운 목소리를 내고 있지만, 눈은 눈곱만큼도 안 웃고 있잖아!」

치하야는 혀를 차더니 목소리가 들린 쪽을 바라본 채로 유리에게 말했다.

"신도, 역시 빗자루가 필요할 것 같다."

"잘 알았습니다."

그렇게 답한 유리가 병실을 나가려던 때였다.

"그럴 필요 없다네."

지금까지 잠자코 상황을 지켜보던 히사지로가 천천히 침대에서 내려왔다.

「영감님, 당신 뭔가 큰 병인 거지?! 함부로 움직이지 말라고!」

"무슨 말을 하는 거냐. 네가 다른 분들께 폐를 끼쳐서 그런 게 아니냐?"

히사지로는 곤란한 듯 웃더니 치하야의 옆에서 몸을 웅크리고 말했다.

"자, 나오렴. 마메다이후쿠. 그런 데 있으면 시키 군이 가져와 준 과자도 못 먹을 텐데."

「케이크잖아! 나는 서양 음식 같은 거 안 먹어!」

"딸기가 올라간 것도 있는데? 마메다이후쿠, 너 딸기 찹쌀떡 좋아하잖니?"

「딸기⋯⋯⋯⋯⋯⋯⋯⋯⋯. 아, 안 먹어! 이건 파업이야! 내 의지라고!」

"고집스러운 녀석이군. 나도 죽은 아버지도 직공 기질이 꽤 강한 고집 센 사람이라, 앵당에 있는 사이에 너한테도 옮아버린 건가."

「어째서 영감님은 웃을 수 있는 건데?!」

침대 아래에서 마메다이후쿠가 울음 섞인 목소리로 소리쳤다.

「분하지 않은 거냐고. 그런 녀석들에게 손님을 빼앗겼다고!」

"손님이 그쪽으로 가버린 건 분하지만, 그건 내 실력이 부족했거나, 혹은 시대의 흐름이라는 거겠지. 앵당도 물러날 때라는 게야."

「어째서 그런 마음 약한 소리를 하는 거야?! 이제부터라고!」

"너는 앵당을 위해서 화내주고 있는 게지?"

「당연하지. 나는 창업 때부터 오랫동안 앵당의 간판견이 었다고. 계속 지켜봐 왔다고. 나는 우메키가의 사람이 좋아. 그러니까 지금의 괴로운 상황을 보고 있을 수 없다고!」

"그래, 그렇구나…… 고맙다, 마메다이후쿠."

히사지로는 부드럽게 침대 아래에서 말을 걸었다.

"하지만 이제 됐단다. 나는 얼마 남지 않았으니, 가게는 결국 닫을 셈이었어."

그러자 침대 아래에서 마메다이후쿠가 눈에 띄게 동요했다.

「영감님! 어째서!」

"어째서냐니, 그것만은 어쩔 수 없는 일이야. 아들도 물려받지 않았으니까."

마메다이후쿠가 침묵하자 히사지로는 말을 이었다.

"마메다이후쿠야. 다른 분의 가게를 새로 생겼다며 가볍게 여겨서는 안 된단다. 초코레이당의 주인도 많은 고생 끝에 겨우 성공한 게 아니겠니? 우리로서는 상상도 할 수 없을 법한 노력도 당연히 했을 테고, 괴로운 경험도 산처럼 했을 게야. 역대 앵당 주인들과 아무것도 다르지 않아. 분명 일본의 정신이라는 것을 갖고 있을 테지."

「……영감님.」

"왜 그러니?"

「당신은, 행복했어? 직공으로서, 당신의 생은 만족스러웠어?」

"그럼, 물론이지."

「…….」

"이 녀석, 그렇게 고집부리지 말고 이제 그만 나오려무나. 시키 군은 착한 아이란다. 그러니 반성하고, 네가 제대로 그쪽에 가서 사과하면 분명 용서해줄 게야. 자, 어서 나오지 않으면 딸기를 못 먹게 될 게다."

경애하는 주인에게 치하야가 착하다는 확인을 받았기 때문일까?

마메다이후쿠는 그제야 겨우 침대 아래에서 기어 나왔다.

그리고 떡하니 버티고 서 있던 치하야의 발치까지 걸어오더니 의기소침하게 말했다.

「미안해. 이번에는 당신들한테도 아르바이트하는 곳에도 폐를 끼쳤어. 초코레이당은 해고일 테지만, 앞으로는 제대로 살아갈게. 약속할게…….」

히사지로도 치하야를 향해 섰다.

"치하야 씨, 저도 사과드립니다. 이 녀석은 저보다 오랜 세월을 살았지만, 아직 어린애라. ……자식밖에 모르는 어리석은 부모 마음이라는 건 알지만, 부디 용서해주실 수 없겠습니까?"

한 박자 사이를 두고 치하야는 표정 없이 입을 열었다.

"……네. 본인도 반성하고 있는 것 같으니까요. 우메키 씨, 제가 마메다이후쿠에게 이야기하고 싶었던 건 당신이 전부 대변해주셨습니다. 마메다이후쿠는 실로 좋은 주인을 가졌습니다."

마메다이후쿠는 의기소침한 채였다.

약간이라고는 해도 주인을 번거롭게 해버린 것에 낙담했는지도 모른다.

유리는 잠시 생각한 후, 양손으로 퍼 올리듯이 마메다이후쿠를 안아 들었다.

"마메다이후쿠 씨, 차 드시겠어요? 매점에서 사 올게요. 저기, 우메키 씨랑 사장님은 뭘로 하시겠어요?"

치하야는 미간에 주름을 만들더니 작은 목소리로 유리에게 말했다.

"차라고? 너는 즐거워서 좋겠군. 이 녀석을 데려가 사죄하게 해야 한다는 걸 잊은 거 아닌가?"

"그럴 리가요. 그저 금강산도 식후경이라고 하잖아요. 아까부터 마메다이후쿠 씨 배에서 꼬르륵 소리가 들려요. 저혈당이라 멍한 상태로 사과했다간, 괜히 스즈키 씨를 더 화나게 할 뿐이라고 생각하는데요."

그러자 두 사람이 소곤소곤 이야기하고 있다는 걸 모르는 히사지로가 밝은 목소리로 대답했다.

"그렇군, 나는 호지차가 좋겠네. 마메다이후쿠는 보리 차지?"

「응」 하고 마메다이후쿠가 유리의 손안에서 고개를 끄덕 였다.

"사장님은 어떻게 하실래요?"

유리가 묻자 치하야는 자그맣게 탄식한 후, 포기한 듯 대 꾸했다.

"……그럼 커피로."

그러고 보니 치하야는 뿌리부터 커피파라고 했었던가.

치하야의 허락을 받은 유리는 안심하며 웃음 짓고, 서둘러 병실을 나섰다.

그리고 약 한 시간 후.

조촐한 다과 시간을 즐긴 후, 두 사람과 한 마리의 모습을 배웅한 히사지로는 침대 위에서 툭 혼잣말을 중얼거렸다.

"마지막의 마지막에 즐거운 추억이 생겼군그래. 저승길 선 물로 삼아볼까."

그다음이 큰일이었다.

마메다이후쿠는 그날로 해고되었다. ……뿐만 아니라, 치하야는 그날의 구멍을 메우기 위해 곧장 다른 스태프를 수배해내라는 요구를 스즈키에게 받았다.

치하야는 파견 등록자들에게 모조리 전화를 걸었지만 워낙에 급했던 탓에 대타는 찾지 못했고, 결국에는 치하야와 유리가 초코레이당의 임시 주방 보조 스태프로서 일용직으로 일하게 되고 말았다.

"어이, 치하야!"

초코레이당의 주방에 스즈키의 가차 없는 노성이 날아들었다.

"어째서 네가 그린 곰은 이렇게 생기 없는 얼굴을 하고 있는 건데? 이건 다 죽어가잖아! 눈은 왜 째려보는 눈인데?! 신도는—어라? 뭐야? 의외로 그림 솜씨가 좋네."

딸기가 들어 있지 않은 초콜릿 딸기 찹쌀떡을 샀던 손님에 대한 보상으로는 영수증이 없어도 손님이 직접 이야기하면 같은 개수의 초콜릿 딸기 찹쌀떡 교환권이 지급되게 되었다.

혹은 그날 중에 다른 상품을 주기로 되었기 때문에, 추가 초콜릿 딸기 찹쌀떡이 많이 필요하게 되었다.

초콜릿 딸기 찹쌀떡을 만드는 데는 숙련된 기술이 필요한지라, 스즈키를 비롯하여 그의 본가에서 달려온 긴급 스태프는 전부 초콜릿 딸기 찹쌀떡을 담당했다.

그런 만큼 또 하나의 인기 상품인 '곰 초콜릿 만주' 쪽에 손이 부족해졌다.

그리하여 치하야와 유리가 담당하게 된 것은 다 쪄진 대량의 곰 얼굴 모양 만주에 초콜릿 펜으로 계속해서 눈, 코, 입, 뺨의 홍조를 그리는 일이었다. 스테인리스로 된 커다란 조리대 앞에 선 두 사람은 하얀 작업복에 마스크, 비닐 캡, 비닐 장갑이라는 급식 담당 같은 차림으로 약 한 시간 전부터 제각기 곰 얼굴을 그리고 있었다. 그런데 치하야는 전혀 능숙해지지를 않았다.

정기적으로 확인하러 오는 스즈키가 자신의 일터로 돌아가자 유리는 야단맞은 치하야의 손가로 시선을 떨어뜨렸다.

치하야가 만든 곰 초콜릿 만주는 눈을 부라리고 피를 토하고 있었다.

"그 기분 나빠 보이는 곰은 혹시 사장님의 오리지널 디자인인가요?"

멋대로 그런 짓을 하면 안 된다며 유리가 눈썹을 모으며 나무라자, 치하야의 눈초리가 날카로워졌다.

"너, 나를 대체 뭐라고 생각하는 거지? 성실하게 매뉴얼대로 그리고 있다."

치하야는 뻔뻔한 태도로 말했지만, 스즈키에게 혼나고 느낀 바가 있었던 모양이었다. 유리가 만든 훌륭한 곰 초콜릿 만주를 바라보더니 갑자기 풀 죽은 모습으로 유리에게 질문을 했다.

"오히려 너는 어떻게 그렇게 잘하는 거지? 뭔가 요령이라도 있는 건가?"

"이런 일에 요령이라고 할 게 뭐가 있겠어요. 하지만, 그러네요. 굳이 말하자면—."

교직 과정을 밟고 있는 유리는 중학생을 가르치는 듯한 기분으로 치하야에게 수업을 해주었다.

"우선은 복슬복슬한 동물류는 이마가 좁은 편이 귀엽게 보이니까, 눈은 위쪽에 그려주세요."

"이쯤인가?"

치하야는 하얀 초콜릿 펜 끝으로 곰의 이마 부분을 가리켰다. 그 모습을 보며 유리는 고개를 끄덕였다.

"맞아요. 그쯤이에요. 그리고 두 눈의 간격은 살짝 먼 편이동안으로 보여서 귀여워요. ……맞아요. 그런 느낌이에요. 다음은 까만 초콜릿 펜으로 바꿔 들어주세요. 흰자가 되는화이트 초콜릿은 살짝만 남겨둔다는 느낌으로, 검은 눈동자용 비터 초콜릿 펜으로 대부분을 칠해주면 똘망똘망 귀여워져요. 맞아요. 삼백안이 되지 않게……."

"이렇게 말인가?"

"맞아요! 귀여워요! 사장님 귀여워요!"

"······."

"아······ 그게, 사장님이 귀여운 게 아니라 사장님이 그린 곰이 귀엽다는 의미예요······."

치하야가 무표정해진 것을 보고 유리는 한순간 당황했지만, 마음을 다잡고 다음 공정을 설명했다.

"이제 딸기 초콜릿 펜이 나설 차례예요. 사장님의 곰이 피를 토하는 것처럼 보이는 건, 사장님이 곰 입을 그릴 때 초콜릿 펜을 너무 세게 누르는 탓이에요. 누르는 게 아니라 입술을 살며시 쓰다듬는 듯한 느낌으로."

"입술을 살며시 쓰다듬듯이······."

치하야는 유리가 한 말을 중얼중얼 반복하면서 웃고 있는 곰의 입매를 그렸다.

마침 그때, 스즈키가 다시 시찰을 하러 나타났다.

"그쪽은 상황은 어떻지? 어라? 치하야, 어떻게 된 거야? 갑자기 실력이 좋아졌잖아."

"신도에게 조언을 받았습니다."

치하야가 너무나도 순순히 대답한지라 유리는 눈을 동그랗게 떴다.

"······흐음. 뭐, 확실히 신도는 곰 초콜릿 만주 얼굴을 그리는 데 재능이 있지."

스즈키는 유리가 만든 곰 초콜릿 만주를 한 번 바라보더니 짓궂은 눈초리로 유리에게 말했다.

"당신 말이야, 치하야 요괴 파견 회사 같은 덴 그만두고 여기서 일하지 않을래? 시급 2100엔, 교통비 전액 지급에 더해서 식사 제공. 그쪽 사장님네보다 조건이 좋을 거라고 보는데."

"……점장님, 신도를 꼬드기는 건 그만두십시오. 그녀는 저희 회사의 중요한—."

"뭘 발끈하는데? 그리고 네가 아니라 신도에게 묻고 있다고."

분명 조건은 좋고, 스즈키도 사람 좋아 보이는 점주였다.

……하지만, 유리는 면목 없다는 듯이 미소 지었다.

"죄송합니다. 모처럼 권해주셨는데, 아직 치하야 씨와의 계약이 만료되지 않아서요."

"계약이라. 계약이란 말이지……."

스즈키는 왠지 치하야에게 동정하는 듯한 시선을 보내더니, 격려라도 하는 것처럼 그의 어깨를 툭 두드리고서 그 자리를 뒤로했다.

며칠 후.

두 사람이 묵묵히 컴퓨터로 업무를 보고 있는 중에 치하야 요괴 파견 회사의 검은색 전화기 벨 소리가 울렸다.

전화를 받은 것은 치하야였고, 그는 복도에서 소곤소곤 이야기를 하고서 사무실로 돌아왔다.

"무슨 일인가요?"

"아버지다. 장례식에 참석하라는군. ……그제 밤에 우메키 씨가 병원에서 숨을 거두셨다고 한다. 사모님께서 지켜보시는 가운데, 잠들듯이 편안한 마지막을 맞이하셨다는 모양이다."

"그런, 가요……."

만난 것은 딱 한 번뿐이지만, 히사지로의 다정한 미소와 온화한 목소리가 유리의 뇌리에 되살아났고, 저릿하고 가슴이 아팠다. 유리는 치하야가 자리에 앉기를 기다렸다가 입을 열었다.

"마메다이후쿠 씨는, 앞으로 어떻게 하실까요?"

아들이 뒤를 잇지 않기 때문에 가게는 이제 문을 닫을 거라고, 히사지로는 그렇게 말했었다.

저출산 고령화 시대인 지금, 후계자 부재로 사라져가는 노포는 앵당만이 아니다.

그러나 마메다이후쿠는 사람보다도 훨씬 긴 세월을 살아왔다.

앵당의 사람들과 고락을 함께하고, 셀 수 없는 기쁨과 상실과 소중한 이의 죽음을 지켜봐 왔을 것이다. 그러나 어떤 때에도 앵당은 그곳에 당연하게 존재했고, 마메다이후쿠를 받아들여 주었다. 마메다이후쿠가 돌아갈 곳으로서, 앵당만은 마메다이후쿠와 함께 있어왔던 것이다.

하지만 그것조차도 마메다이후쿠는 잃고 말았다. 모든 것을 잃은 그 자그마한 요괴는 대체 어디로 가면 좋을까. 사람들에게 둘러싸여 살고, 사람의 마음까지 갖게 되고 만 마메다이후쿠는 산으로도 바다로도 돌아갈 수 없다. 그렇기에 앞으로도 마메다이후쿠는 도시에서 살아야 하리라.

앵당이 사라진 도쿄에서, 마메다이후쿠가 정착할 곳은 있을까―.

유리가 조용히 생각에 잠겨 있으려니 똑똑 하고 현관문을 두드리는 소리가 들려왔다.

"아, 제가 나갈게요."

유리는 서둘러 자리에서 일어나 방을 나섰다. 툇마루 옆 긴 통로를 지나 아르데코식 등이 달린 현관홀로 갔다. 현관문을 연 유리는 눈을 깜빡였다.

그곳에는 마침 이야기를 하고 있던 마메다이후쿠가 오도카니 앉아 있었던 것이다. 등에는 빨간 딸랑이 북 외에도 당초 무늬가 들어간 녹색 보자기 꾸러미를 매달고 있었다.

"대체 어떻게 된 건가요? 그렇게 큰 짐을 지고……."

"일자리 찾기인가?"

어느 틈에 왔는지, 유리의 등 뒤에서 치하야가 지긋지긋하다는 듯이 말했다.

"너, 음식점은 이제 그만두도록 해."

그러자 초콜릿 만주의 비극 같은 것은 꿈에도 모르는 마메다이후쿠는 태연한 얼굴로 말했다.

「응. 나 할아버지가 죽고 이것저것 생각해봤는데, 여기서 일하기로 했어!」

"그런가. 뭐, 채용 불가다. 이번에는 인연이 없었던 걸로."

치하야는 단호하게 말하더니 쾅 하고 문을 닫았다.

유리는 문이 닫히기 직전에 틈새로 마메다이후쿠의 무어라 말할 수 없는 쓸쓸한 미소를 보았다. 유리는 아무 일도 없었던 것처럼 자리를 뜨려 하는 치하야의 소매를 꽉 잡더니 필사적으로 호소했다.

"사장님, 불쌍하잖아요. 여기에 있게만 해주실 수는 없나요?"

"나한테 저걸 기르라는 거냐?"

"네. 왜냐면 저희 집에서는 키울 수 없으니까요. 그 이유로는 우선, 생물학 비상근 강사인 아버지는 뼛속부터 이과 인간이라서 마메다이후쿠 씨를 보는 날이면 해부해버릴지도 모릅니다. 둘째로 신도가는 사고 물건이라서 마메다이후쿠 씨가 악령에게 습격받을 위험성이 매우 높습니다. 셋째로 식비가—."

"아아, 정말이지 시끄럽네! 너희 집에서 키울 수 없는 이유 같은 건 어찌 됐든 상관없어! 내가 안 된다고 말하면 안 되는 거야!"

드디어 치하야가 폭발하고 말았다. 유리는 의기소침해져서 입을 다물었다.

「……안 되는 건가?」

밖에서 귀를 쫑긋 세우고 있었던 모양인 마메다이후쿠가 문 너머에서 물었다.

"안 돼. 멋대로 기대하지 마."

"……안 되는 건가요?"

유리는 눈썹을 늘어뜨렸다. 밝았던 하얀 얼굴이 어두운 빛을 띠고 있었다.

그러자 치하야는 쳇 하고 혀를 차더니 난폭하게 유리의 손을 떨쳐냈다.

유리의 머릿속에 얼마 전 현대문 수업 시간에 배운 오자키코요의 『곤지키야샤(金色夜叉)』 속 오미야의 모습이 떠올랐지만, 설마하니 칸이치처럼 유리를 발로 차거나 하지는 않았다. 그저 있는 힘껏 기분 나쁜 투로 문을 열었다.

"……경비견이다."

"네?"

"경비견 대신이라면 괜찮을 테지. 다만 이상한 행동을 보이면 바로 해고다! 알았나!"

「와아!」

마메다이후쿠는 얼굴을 활짝 밝히더니 기세 좋게 유리의

품으로 뛰어들었다.

"고맙습니다! 사장님!"

그렇게 말하며 유리가 뒤를 돌아보았을 때는 이미 치하야
의 모습은 보이지 않았다.

서둘러 사무실로 돌아가 버린 모양이다.

부드러운 저녁 햇살이 드는 긴 복도를 걸으면서 치하야는
지긋지긋하다는 듯이 내뱉었다.

"미치겠군. 어째서 내가 저런 여자애가 하는 말을 들어야
만 하는 건지……!"

그의 혼잣말은 현관홀에서 들떠 있는 마메다이후쿠와 유
리의 귀에는 들리지 않았다.

여름의 괴이와 동요하지 않는 삼인방

5월의 황금연휴가 끝났다.

유리는 오늘부터 수업이 시작되고, 아르바이트도 시작이다.

방과 후, 키치조지역 앞 슈퍼에서 식사 준비를 위한 요리 재료를 산 다음 유리는 치하야 요괴 파견 회사로 출근했다.

치하야 요괴 파견 회사의 아르바이트 직원으로 일하기 시작한 지 보름 이상이 지났다.

'5월병'이라는 말은 섬세함과는 거리가 먼 유리와는 인연이 없었다.

이제 곧 첫 월급이 들어온다. 월말 합산 15일 입금이다.

월급날 주말에는 분발해서 아버지와 고기를 먹으러 갈 예정이다.

'갈비 곱빼기…… 갈비 곱빼기…….'

유리는 출퇴근 코스인 나나이바시도리를 걸으면서 고기 생각을 할 수 있을 만큼 치하야 요괴 파견 회사 일에 익숙해졌다.

일주일에 사흘은 일하고 있고, 마메다이후쿠의 아르바이트 테러 사건 이후로는 이렇다 할 사건도 벌어지지 않았다.

대표 이사인 치하야 시키, 그리고 이름뿐인 경비견 마메다이후쿠와 함께 요괴 파견 스태프를 응대하고 구인 광고를 내고 직원용 식사를 준비하는 평범하고 평온한 나날을 보냈다.

나나이바시도리를 걷다 공원 바로 앞에서 왼쪽으로 돌아서 주택가에 있는 자그마한 빨간 토리이를 지나가면 회사로 이어지는 참배로 같은 길이 나타난다.

아직 해가 지기 전이라 석등의 불빛은 밝혀져 있지 않았다.

동서양이 절충된 느낌의 크고 아름다운 회사의 문 앞에서는 지금 한창인 울긋불긋한 철쭉꽃이 유리를 맞아주었다.

현관에서 펌프스를 벗어 신발장에 넣은 유리는 우선 주방으로 가서 냉장고에 식재료를 넣어두고 양탄자가 깔린 사무실로 이어지는 복도를 걸었다.

복도와 툇마루를 나누는 장지문은 활짝 열려 있었다.

유리문 너머로는 초여름의 햇살이 쏟아지는 일본식 정원이 한눈에 보였다.

치하야 요괴 파견 회사의 긴 복도에 면한 일본식 정원은 계절마다 그 옷을 갈아입었다.

4월에는 벚나무와 동백나무와 복숭아나무에 핀 꽃으로 붉은 색조로 물들었던 정원이 지금은 옅은 보랏빛 등나무꽃으로 가득했다.

정원 한쪽에 배치된 등나무 울타리에는 보라색 구슬로 된 발을 늘어뜨려 놓은 듯, 등나무꽃이 흐드러지게 피어 있었다.

다른 한쪽의 녹색 수풀에는 불타오르는 듯한 심홍색 철쭉이 활짝 피어 있었고, 그 외에도 흰색과 분홍색 모란이 곱게 초여름의 정원을 채색하고 있었다.

창고 같은 사무실은 넓은 서양식 방 안쪽에 있었고, 홍매화와 휘파람새가 그려진 장지문이 입구 역할을 하고 있었다.

서양식 방과 긴 복도를 나누는 소나무와 학이 그려진 바깥쪽 장지문은 열려 있었다.

드물게도 그곳에서 젊은 청년들의 대화 소리가 들려왔다.

요괴가 집단으로 등록하러 오기라도 한 것일까 생각하면서 유리는 서양식 방을 들여다보았다. 평소에는 사람 그림자 하나 보이지 않던 긴 책상 앞에 치하야를 포함하여 일곱 명의 남성이 둘러앉아 있었다.

모두 젊은 것이 사회 초년생이거나 아무리 많아도 치하야와 같은 나이 정도의 청년들로 보였다.

귀가 길게 자라나 있지도 꼬리가 달리지도 않았다. 평범한 인간인 모양이었다.

감색과 회색 정장에 수수한 넥타이를 매고, 목에는 사원증을 걸고 있었다.

'치하야 인재 파견 회사'라는 글자 아래에 각자의 이름이 쓰여 있었다.

그들은 노트북을 종료하고 가죽 가방에 짐을 챙겨 넣으며 퇴근할 준비를 하던 참이었다.

'아.'

유리는 떠올렸다.

그러고 보니 전에 인재 파견업 사원들의 근무 시간은 오전 8시 반부터 오후 4시 반까지라고 치하야가 말했었다.

스마트폰으로 시각을 확인해보니 마침 딱 4시 반이었다.

'나도 참. 30분이나 일찍 출근했잖아.'

장지문 근처에서 몰래 서양식 방을 들여다보는 유리의 모습은 아직 아무도 눈치채지 못한 모양이었다.

그나저나.

표면적 업무가 인재 파견이라고 듣기는 했지만, 치하야가 사원 남성에게 "전화로 약속을 잡게"라느니 "자네 담당 스태프인 이시바시 씨, 지난달의 타임 카드 사본이 오지 않은 것 같은데"라느니 하는 매우 평범한 말을 하는 것을 듣고 있자니 묘한 느낌이 들었다.

그리고 또 하나. 유리는 눈치 빠르게 발견했다.

'사장님 넥타이가 검정이 아니야!'

자리에 앉아서 서류를 살피고 있는 치하야의 오늘 복장 중 새까만 것은 정장뿐(비즈니스 정장이 새까만 것도 어떤가 싶지만), 넥타이는 짙은 회색 바탕에 가느다란 스트라이프가 들어간, 특징도 없는 대신에 괴상하지도 않은 상식적인 물건이었다.

'드디어 전신 올 블랙이 이상하다는 사실을 깨달으신 걸까?'

그런 생각을 하고 있을 때였다.

"아, 수고 많으십니다."

가방을 들고서 서양식 방을 나서던 느낌 좋은 청년이 밝게 웃으며 인사를 했다.

"수고하셨습니다."

갑자기 말을 걸어오는 바람에 허둥지둥하면서도 유리도 마주 인사를 했다.

"사장님, 먼저 가보겠습니다."

"고생하셨습니다."

다른 청년들도 치하야에게 인사를 하고서 줄줄이 방을 나섰다.

유리의 모습을 발견하고 순간 놀란 듯한 표정을 지었지만, 금세 영업으로 몸에 익은 미소를 지으며 "수고 많으십니다" 하고 정중하게 인사를 하고서 그 자리를 떠났다.

유리는 서양식 방으로 들어가려다 그들이 자그마한 목소리로 소곤소곤 말을 나누는 소리를 들었다.

"방금 그 사람, 저녁 시간 담당인 아이인가?"

"그렇지 않을까요? 사장님이 여자아이를 고용하다니, 뭔가 의외라는 느낌이네요."

유리는 왠지 모르게 그들이 정원 쪽 복도 모퉁이를 돌아들어 더는 보이지 않게 될 때까지 지켜본 다음 서양식 방 안으로 들어섰다.

"안녕하세요."

유리가 인사를 하자 치하야는 책상 위의 서류 다발을 정리하면서 말했다.

"어서 와. 오늘은 꽤 일찍 행차하셨군. 의욕이 있는 건 좋은 일이지. ……그런데, 아까부터 뭘 빤히 보는 거지?"

장지문 뒤에 숨어서 치하야를 보고 있었던 것을 눈치챘던 모양이다.

"저기…… 표면적인 업무 쪽 사장님은, 어쩐지 매우 평범하구나 싶어서……."

"마치 뒤쪽 장사 쪽 나는 이상한 사람이라는 투로군."

이상한 사람이 아니라는 말인가요? 하고 되묻고 싶은 것을 참으며 유리는 치하야의 넥타이를 바라보았다. 넥타이가 평소의 상복 사양이 아니라는 것을 언급하려고 하던 때, 치하야는 모양새가 좋은 긴 손가락을 천천히 자신의 넥타이 매듭에 걸었다.

그리고 넥타이를 당겨 슥 풀었다.

남자의 이 행동에 섹시함을 느끼고 두근거리는 여자가 많다고들 하는데, 유리는 두근거림이고 뭐고 없었다. 치하야는 푼 넥타이를 정장 안쪽 주머니에 찔러 넣더니 평소의 새까만 넥타이를 꺼내서 재빠르게 다시 맸다.

치하야는 회색 넥타이를 푼 지 1분도 안 되어 평소의 상복 차림이 되었다.

유리는 그 빠른 동작에 감탄하면서 물었다.

"그 넥타이 교체에는 뭔가 주술적인 의미라도 있는 건가요?"

"없어. 단순한 기분 전환이다."

"그런가요?"

일일이 따지고 드는 것도 귀찮은지라 유리는 그 부분은 적당히 흘려 넘겼다.

그러던 때.

「유리, 뭔가 과자 냄새가 나는데!」

유리의 발치로 마메다이후쿠가 아장아장 걸어왔다.

"안녕, 마메다이후쿠. 기척이 없었는데, 대체 어디서 나타난 거야?"

유리는 지난달부터 치하야와 동거하고 있는 액막이 강아지 인형 츠쿠모가미 마메다이후쿠에게 물었다.

마메다이후쿠가 「유리」라고 부르는지라 유리도 이제는 마메다이후쿠와 말을 놓고 편하게 대화하고 있다.

「응, 나는 프린터 위에서 장식품인 척을 하면서 잤지. 낮에 표면적인 장사를 맡은 녀석들은 유령이니 요괴니 하는 것들 이랑은 인연이 없어서, 나를 보면 큰 소동이 벌어지겠지 싶었거든. 그런 것보다, 유리한테서 희미하게 감도는 과자 냄새는 뭐지?」

"연휴 중에 학교 교수님들이랑 친구들이랑 같이 우에노의 국립 박물관에 갔었거든. 선물로 도라야키로 유명한 화과자점에서 도라야키를 사 왔어."

유리는 가방 안에서 포장된 도라야키를 세 개 꺼내더니 마메다이후쿠와 치하야에게 하나씩 나눠주고, 나머지는 자신 앞에 두었다.

도라야키를 감싼 투명한 비닐에는 귀여운 토끼 그림이 그려져 있었다.

치하야는 손에 든 도라야키를 바라보며 희미한 미소를 머금었다.

"꽃 같은 여대생이 황금연휴에 박물관에서 공부라. 그림으로 그린 것처럼 무미건조하군."

"그러는 사장님은 어디 다녀오셨나요?"

"나는 물론 집에 틀어박혀 있었지. 굳이 말하자면 마메다이후쿠를 막과자 가게에 데려간 정도려나?"

"그런가요? 저 이상으로 무미건조한 사람이 이 세상에 존재하는 것 같아 매우 안심했습니다."

「나, 시키가 막과자 가게에 있는 과자를 전부 다 사줬어! 이미 다 먹어버렸지만!」

"그래, 좋았겠네. 마메다이후쿠는 정말 귀엽다니까."

유리는 몸을 굽혀서 마메다이후쿠의 머리를 옳지 옳지 하고 쓰다듬었다.

그러는 사이에 치하야가 서양식 방 안쪽, 매화와 휘파람새가 그려진 장지문을 열었고 유리도 그 뒤를 따라갔다.

정해진 업무 시작 시간까지는 아직 조금 여유가 있었지만, 등록자를 맞이할 준비를 하려는 것인지도 모른다.

먼저 창고 같은 사무실로 들어간 치하야의 뒤를 따라 유리와 마메다이후쿠도 입실했다.

뒤쪽 장사에 쓰이는 사무실은 언제 보아도 어수선했다.

천장에는 붉은색, 하얀색, 금색에 수가 놓인 비단을 아낌없이 쓴 인형들을 줄줄이 매단 발이 늘어뜨려져 있었고, 오래된 선반 위에는 목판화, 꽃과 새를 새긴 대모갑 빗, 운모지로 된 아름다운 고서 같은 것들이 되는 대로 놓여 있었다.

치하야가 처리한 것인지, 연휴 전에는 있었던 몇 개의 도구가 보이지 않았다.

반대로 새롭게 늘어난 물건도 있었다. 예를 들면 선반 한쪽, 감색 천에 금박이 들어간 기모노를 두른 카라쿠리 인형이 진을 치고 있던 자리에 지금은 일본도의 날밑으로 보이는 물건이 놓여 있었다. 야광 조개와 진주조개를 이용해 꽃 모양을 낸 훌륭한 나전 세공이 된 날밑이었다.

선반 구석에 놓여 있던 자물쇠가 달린 자그마한 유리 상자 안에는 비취 구슬 대신에 은색 구슬 장신구가 밤하늘의 별처럼 빛나고 있었다. 그리고—.

"오늘은 평소보다 더 책상 위가 어질러져 있네요. 이게 어떻게 된 건가요?"

평소 유일하게 정리가 되어 있는 책상 위에도 크기가 제각각인 오동나무 상자가 세 개 놓여 있었다.

세 개의 오동나무 상자 뚜껑에는 전부 무언가가 쓰인 길쭉한 직사각형 종이가 붙어 있었다.

그리고 종이 옆에는 각각 '등나무와 뻐꾸기', '붓꽃과 널빤지 다리', '모란과 나비'라는 붓글씨가 달필로 쓰여 있었다.

"표면적 업무 중에 물건이 전달되어 어쩔 수 없이 어질러진 거다. ……뭐, 일단 앉지."

치하야가 자리에 앉기에 유리도 평소와 마찬가지로 그 옆에 있는 자리에 앉았다.

"오늘 업무 초반에는 잠시 부업 쪽에 시간을 들일까 하거든."

"부업……."

"면접을 보던 날에 슬쩍 이야기했었지? 나는 파견업 외에, 거의 취미로 사연 있는 골동품의 불제나 요괴들의 문제 해결 상담을 하고 있다고. 오늘은 그 전자다. 이 오동나무 상자가 소소하게 자리를 차지하니 서둘러 불제를 하고 주인에게 돌려줄 생각이다."

"불제라는 건, 이 오동나무 상자 안에는 사연 있는 무언가가 있다는 뜻인가요?"

"그래. 의뢰인이 집 창고를 정리하다 찾았다더군. 뚜껑을 열어보았더니 무서운 요괴가 들어 있었다던가? 그래서, 원념을 없애고 적어도 무섭지 않은 요괴로 돌려놓아 주길 바라는 모양이다."

"요괴는 요괴인 채로 둬도 괜찮은 건가요?"

"그는 요괴에 이해가 있는 인물이니까. 그리고 나는 요괴의 조복(*몸과 마음을 고르게 하여 여러 가지 악행을 굴복시키는 것.)은 하지 않아."

"그런가요. 그럼, 불제라는 건 뭔가요?"

"어디까지나 요괴에게서 나쁜 기운이라고 할까―원념의 부분만을 정화할 뿐이다. 장난이 조금 지나쳤다고 해서 요괴를 닥치는 대로 퇴치하는 건 역시 불합리하니까."

"네. 요괴의 생존권을 침해한다고도 할 수 있겠네요."

하지만, 하고 유리는 말을 이었다.

"부업 같은 걸 하고 있을 때인가요? 오늘은 지금부터 누레온나(*여자의 모습을 한 요괴로, 아기를 안고 나타난다고 한다.) 씨와 도후코조(*삿갓을 쓴 어린아이 모습의 요괴로, 두부를 들고 나타난다.) 씨가 파견 등록을 하러 올 예정일 텐데요."

"그게 말이지, 취소됐다."

"네?"

"아침 일찍 그 둘한테서 연락이 왔다. 누레온나는 연휴 동안에 빙수를 너무 많이 먹는 바람에 배탈이 나서 현재 앓아 누워 있다는군. 그리고 지마미 두부를 먹으러 연휴를 이용해 오키나와에 간 도후코조는 황금연휴가 오늘까지라고 착각하는 바람에 아직 오키나와에 있다더군. 그래서 두 시간 정도가 비어버렸다. 정말이지, 황금연휴니 뭐니 하며 이 녀석이고 저 녀석이고 들떠서는……."

치하야가 중얼중얼 불만을 늘어놓고 있으려니, 그 맞은편 자리에 앉은 마메다이후쿠가 「푸후훗」 하고 뿜었다.

「시키가 말하면 비리얼충의 질투로밖에 안 들린다니까! 너도 어서 함께 빙수를 먹거나 여행 갈 여자 친구라도 만들면 좋을 텐데~. 차라리 유리는 어때?」

"싫다!"

"싫어!"

온 힘을 다해 거부한 치하야와 유리의 목소리가 딱 겹쳐졌다.

치하야와 유리는 잠시 무표정한 얼굴로 서로를 바라보았다. 찌릿찌릿한 분위기가 흐른 후, 먼저 입을 연 것은 치하야 쪽이었다.

"마음이 맞는군. 그럼 마음이 맞는 김에 너도 도와줘야겠다. 신도."

불똥을 흩뿌린 마메다이후쿠는 더는 대화에 끼지 않고 담담히 도라야키의 비닐 포장을 벗기고 있었다. 치하야는 그런 마메다이후쿠에게도 차가운 시선을 보냈다.

"마메다이후쿠. 남 일이 아니야. 너도 도와."

「뭐어~ 뭘 도우면 되는데? 나, 원념 정화 같은 거 못 해.」

"사장님, 저도 마찬가지예요. 악령을 주먹으로 때리는 거라면 가능하지만."

"괜찮아. 그쪽 방면은 처음부터 기대하지 않았어. 내가 지금 너희에게 바라는 건 지혜다."

"「지혜?」"

유리와 마메다이후쿠가 동시에 되묻자 치하야는 희미하게 웃었다.

"세 사람이 모이면 문수보살 같은 지혜가 나온다고 하지 않나? 모처럼의 기회이니 너희들의 지혜와 통찰력을 마음껏 시험해볼까 싶어서 말이지."

그 말에 유리의 승리욕에 불이 붙었다.

옛날부터 모의고사나 테스트 같은 승부가 펼쳐지면 온몸의 피가 끓어올랐다.

"뭔지 잘 모르겠지만, 바라는 바예요!"

「나도! 나 걸어 온 싸움은 거절하지 않는 주의라고!」

마메다이후쿠도 버럭 하며 치하야의 이야기에 응했다.

"좋군. 이래야 우리 사원이지."

치하야는 만족스럽게 웃더니 세 개의 오동나무 상자 뚜껑을 하나하나 열었다.

'등나무와 뻐꾸기'라고 쓰인 A4 크기 정도의 납작한 오동나무 상자 안에는 등나무 가지에 뻐꾸기가 앉아 있는 한 장의 그림이 담겨 있었다.

상당히 오래된 것인지 종이는 세월에 따라 빛바래 있었다.

원래 색깔은 선명했을 테지만, 등나무꽃의 보라색은 칙칙했고 살짝 열린 뻐꾸기의 부리 속도 옅은 분홍색이 되어 있었다. 그림이 매우 사실적으로 그려진 것을 보면, 이 그림을 그린 화가는 가능한 한 진짜 뻐꾸기에 가깝게 보이도록 부리 속을 검붉은 느낌으로 빨갛게 칠하지 않았을까?

'붓꽃과 널빤지 다리'라고 쓰인 자그마한 정방형 오동나무 상자에서는 과자를 담기에 딱 좋아 보이는 그림이 그려진 채색 접시가 한 장 나왔다.

"이것도 오래돼 보이네요."

깼다가는 큰 낭패다. 비싸 보이는 물건을 앞에 두고 위기 회피 본능이 발동한 유리는 조건반사처럼 냉큼 접시에서 떨어졌다. 그러자 치하야가 덤덤한 표정으로 말했다.

"이건 그렇게 오래된 물건이 아니다. 기껏해야 에도 후기 정도의 물건일 테지."

"사장님은 골동품을 잘 아시네요."

"흥, 당연하지. 나는 〈무엇이든 감정단〉을 매주 빼놓지 않고 보니까."

"결국은 아마추어라는 거네요."

유리는 맞장구를 치면서 멀리서 접시를 바라보았다.

자잘한 흠집은 있어도 소중하게 다뤄졌는지 그림에는 벗겨진 부분도 보이지 않았다. 이상한 점이 있다고 한다면, 뚜껑에는 '붓꽃과 널빤지 다리'라고 쓰여 있으면서 접시에는 붓꽃만 그려져 있다는 부분이었다.

'모란과 나비'라고 쓰인 오동나무 상자를 치하야가 열었을 때, 치하야의 손이 한순간 움찔했다.

유리와 마메다이후쿠의 심장도 동시에 오그라들었다. 좀비 같은 얼굴을 한 일본 인형이 들어 있었던 것이다.

곧게 맞춰 자른 머리카락.

옛날 귀족 여자아이가 했을 법한 가르마를 탄 머리 모양을 하고 있었지만, 인형이 입은 기모노는 아름답게 장식된 것이 아니라 허리의 띠도 흰색, 옷깃도 흰색, 안에 받쳐 입은 옷도 흰색. 한결같이 새하얗기만 한 기모노였다.

이 상자에 이르러서는 이제 어디에 '모란과 나비'라는 요소가 있는 것인지조차 불명이었다.

「뭐야? 이 무서운 인형은. 아무리 나라도 간 떨어질 뻔했잖아.」

마메다이후쿠는 그런 대사를 하면서 사연 있는 '꽃과 널빤지 다리' 접시에 먹으려던 제 몫의 도라야키를 자연스럽게 내려놓았다. 꽤나 배짱 두둑한 녀석이다.

감탄하고 있는 유리 옆에서 치하야가 설명을 시작했다.

"의뢰인이 말하길 '이 세 개의 오래된 물건은 전부 나쁜 요괴가 되려 하고 있고, 이렇게 부적이라도 붙여두지 않으면 성가신 일이 벌어진다'라고 하더군."

"성가신 일이라뇨?"

유리가 그렇게 묻자마자 곧바로 성가신 일이 일어났다.

'등나무와 뻐꾸기' 그림 속 뻐꾸기가 부리를 크게 벌리더니 비단을 찢는 듯한 날카로운 소리로 울기 시작한 것이다. 고막이 찢어질 듯한 커다란 소리에 그 자리에 있던 두 사람과 한 마리는 무심코 귀를 막았다. 그 사이에 나머지 두 개의 상자 속에서도 잇따라 괴이가 일어났다.

'붓꽃과 널빤지 다리' 접시에 그려진 붓꽃에 갑자기 커다란 사람의 입이 생겨나더니 마메다이후쿠가 올려두었던 도라야키를 한입에 우걱우걱 삼켜버렸다.

'모란과 나비' 좀비 인형은 누런 이를 드러내더니 「으으~

외로워어~ 돌아가고 싶어어~」하고 비탄에 잠긴 소리를 내면서 눈에서는 눈물, 코에서는 홍수 같은 콧물을 흘렸다.

유리도 치하야도 마메다이후쿠도 잠시 멍해졌다.

가장 먼저 제정신을 차린 것은 마메다이후쿠였다.

「너어 이 짜식, 내 도라야키 다시 내놔!」

마메다이후쿠는 접시를 붙들더니 핏발 선 눈으로 붓꽃 그림을 노려보았다.

도라야키를 모조리 먹어치운 붓꽃은 마메다이후쿠를 도발하듯이 입가만 히죽히죽 웃었고, 거기에 더해 분노한 마메다이후쿠에게 트림까지 선사했다.

「이 짜식!」

마메다이후쿠가 격노하여 채색 접시를 깨부술 기세였던지라, 유리는 마메다이후쿠를 냉큼 안아 들어 접시에서 떼어놓은 다음 "워워" 하고 말하며 마메다이후쿠를 진정시켰다.

"과연. 분명 전부 요괴인 모양이군."

치하야는 재미있다는 듯이 그리 말하더니 '등나무와 뻐꾸기' 그림에 손바닥을 가져다 댔다.

마찬가지로 '붓꽃과 널빤지 다리'에도 손을 가져다 댔다.

"사장님. 무얼 하시는 건가요?"

"요괴들의 한탄을 듣고 있는 거다."

치하야는 '모란과 나비' 인형에 가져다 댔던 손을 내리더니

"역시 틀림없군"이라며 혼자 납득한 듯이 중얼거렸다.

"요괴들이 한탄하는 건 그들에게 필요한 무언가가 부족하기 때문이다."

"그럼 필요한 무언가를 채워주면 원념이 정화된다는 건가요?"

"그렇게 되지."

치하야가 고개를 끄덕이자 유리의 품 안에서 서서히 침착함을 되찾기 시작한 마메다이후쿠가 땅바닥을 기는 듯한 낮은 목소리로 말했다.

「그렇다면 '붓꽃과 널빤지 다리'는 내가 정리해주지.」

"마메다이후쿠⋯⋯."

「유리, 참견할 것 없다. 너도 가난뱅이라면 알 테지? 음식에 대한 원한이라는 게 얼마나 뿌리 깊은지를.」

"응, 알아."

유리는 부드러운 목소리로 말했다.

"나는 초등학교 3학년 때 옆자리에 앉았던 야마다가 급식으로 나온 푸딩을 빼앗아 먹어버렸던 걸 지금도 선명하게 기억하고 있을 정도인걸. 성인식에서 재회하게 되면 내가 생각할 수 있는 가장 잔인한 방법으로 복수할 예정이야."

「오오, 그래야 야오야 오시치(八百屋お七) 못지않은 가난뱅이 유리지.」

마메다이후쿠는 날 선 목소리로 말하더니 저주를 걸듯 중얼거리기 시작했다.

「붓꽃과 널빤지 다리…… 붓꽃과 널빤지 다리…….」

붓꽃과 널빤지 다리

「붓꽃과 널빤지 다리……라고 뚜껑에 쓰여 있기는 하지만, 실제로 접시에는 창포 그림밖에 없어. 그렇다는 건, 평범하게 생각했을 때 부족한 건 널빤지 다리다.」

"그렇겠지. 그럼 나무젓가락 같은 것으로 다리를 대신할 만한 걸 만든 다음 접시에 올려둬 볼까?"

"과연, 사장님. 명안이에요. 그럼 그 다리는 누가 만드나요?"

"너 말고 누가 있지?"

"또 저예요?!"

「아니, 시키, 유리. 아마도 이 녀석은 나무젓가락으로 해결할 수 있을 만한 문제가 아냐.」

말다툼을 벌이기 직전이었던 치하야와 유리에게 마메다이후쿠가 낮은 목소리로 말했다.

「봤잖아? 이 녀석, 내 도라야키를 먹었다고. 눈에 보이지 않는 속도로 말이지.」

"도라야키에 관한 건 일단 잊는 게 어때? 분노라는 건 눈을 어둡게 하는 법이다."

「나는 냉정해.」

마메다이후쿠는 험악한 눈초리로 치하야를 노려보았다.

「시키, 나는 이렇게 추리했어. 곧바로 도라야키를 먹었다
는 건, 이 녀석은 더할 나위 없는 화과자광이다. 그런고로
교토 특산품 야츠하시(*얇은 피로 소를 싼 떡. 야츠하시의 하시는 다리
를 뜻하기도 한다.)를 올리면 돼. 애초에 접시라는 건 음식을 담
기 위한 거잖아? 그러니까, 시키. 돈 줘.」

마메다이후쿠는 치하야에게 척 손을 내밀었다.

치하야는 요구받은 대로 지갑을 꺼내면서 냉정한 목소리
로 말했다.

"과자가 먹고 싶을 뿐인 너에게 잘 구슬려진 것 같은 기분
이 안 드는 건 아니지만, 그런 것치고는 묘하게 설득력이 있
군. 할 수 없지. 이걸로 샤미센요코초에 있는 요괴가 경영하
는 화과자 가게에서 야츠하시든 뭐든 사 와. 돈이 남으면 도
라야키도 사도 된다."

치하야는 유키치의 얼굴이 그려진 지폐를 한 장 꺼내 마
메다이후쿠에게 건넸다.

"사장님, 어린아이에게 너무 큰돈을 주는 건 좋지 않다고
봐요. 게다가 야츠하시랑 도라야키 같은 건, 둘을 합쳐도 천
엔이면 충분하고도 남지 않을까요?"

"딱히 괜찮지 않나? 마메다이후쿠는 이래 봬도 우리보다 훨씬 연상이다. 무엇보다 나는 잔돈을 들고 다니지 않는 주의라 천 엔짜리 같은 건 없어."

"처처처, 천 엔을 잔돈이라고 하신 건가요?!"

유리가 눈을 부릅뜨고 있는 사이에 마메다이후쿠는 후쿠사와 유키치를 넣은 돈지갑을 목에 걸고서 전장에 나서는 무사 같은 발걸음으로 사무실을 나섰다.

꼬란라 나비

토끼 그림이 그려진 포장에 담긴 도라야키는 역시 우에노의 유명한 가게의 간판 상품답게 매우 맛있었다.

부드러운 벌꿀 향이 감도는 겉면은 비단처럼 보들보들 촉촉한 식감, 팥소는 녹을 듯이 부드럽고 달았다.

가슴에 스며드는 듯한 맛에 유리는 무심코 입가를 누그러뜨렸다.

도라야키를 잃은 마메다이후쿠가 나간 사이에 유리와 치하야는 둘이서만 몰래 도라야키와 뜨거운 녹차로 잠시 휴식을 가졌다.

그러나 땡땡이를 치고 있는 것은 아니다. 뻐꾸기는 여전히 울어대고 있었고, 좀비 인형의 눈물도 콧물도 멈출 기미가 없었다. 땡땡이를 치고 있을 때가 아닌 것이다.

유리는 차를 한 모금 마시더니 풀어진 입가에 힘을 주고 '등나무와 뻐꾸기' 그림과 '모란과 나비' 인형을 번갈아 보면서 고개를 움직였다.

"마메다이후쿠의 추리는 제법 괜찮다고 생각하지만, 이 둘은 어떻게 해석해야 할까요? '붓꽃과 널빤지 다리'처럼 분명하게 한쪽이 부족한 것도 아니고, '모란과 나비'에 이르러서는 양쪽 다 없잖아요."

치하야는 좀비 인형을 두 손으로 안아 들더니 기모노를 찬찬히 관찰했다.

"기모노에 모란과 나비 문양이 있는 것도 아니군."

"혼례 의상은 아니네요. 수의일까요?"

"수의, 그거야! 이건 사체 인형이다!"

퍼뜩 깨달은 듯이 외친 치하야에게 유리는 "뭘 새삼스럽게……" 하고 대꾸했다.

"얼굴이 좀비인 시점에서 죽은 건 확실하잖아요?"

"아니, 원념 때문에 모습이 좀비가 되어버렸을 가능성도 있었으니까."

"그런가요? 그래서 인형의 복장이 수의라고 한다면, 뭔가 짚이는 바가 있으신 건가요?"

치하야는 손에 든 인형을 오동나무 상자에 돌려놓으면서

여유 있는 미소를 머금었다.

"그래. 네 덕분에 수수께끼가 풀렸어. '나비'는 바로 이 인형이다."

유리는 눈을 깜빡였다.

"……네? 어째서 나비 이퀄 사체 인형이 되는 건가요?"

"신도. 나비 고치라는 건 마치 죽은 것처럼 보이지 않나?"

"듣고 보니 꼼짝도 하지 않죠. 고치 속은 어떻게 되어 있을까요?"

"그런 것도 모르는 건가? 고치 속에서 유충은 흐물흐물하게 녹는다. 유충이 나비가 될 때의 이런 프로세스는 완전 변태(메타몰포시스)라고 불리지."

"……흐물흐물…… 그런가요…….."

조용히 차를 마시던 유리는 미묘하게 안 좋은 기분이 되었지만, 치하야는 개의치 않고 설명을 계속했다.

"추한 유충이 아름다운 나비의 모습으로 변화하는 거다. ……나비라는 건 참으로 신비적이지. 그래서 옛날 사람들은 우화하는 나비를 보고, 이렇게 생각했다. 나비는 부활한 사자이거나, 혹은 사자의 영혼이라고. 나비는 고대 그리스에서는 인간의 사령이라 여겨졌고, 고대 일본에서는 저승의 신이라고 불렸다. 세계 각지에서 죽음의 상징으로 여겨지고 있는 거지."

"과연. 그래서 사장님은 사체 인형이 바로 나비라고 해석하신 거군요."

"그래. 그런고로, 그녀에게는 아주 아름다운 모란꽃을 바치도록 하지."

치하야는 한입 남은 도라야키를 먹고서 "정원에서 모란을 잘라 오겠다"라는 말을 남기더니, 재빠르게 자리를 떴다.

잠시 후, 치하야는 눈처럼 새하얀 모란을 한 손에 들고 돌아왔다.

"간단하군. 나에게 이 수수께끼 풀이는 지나치게 간단한 것 같군."

치하야는 우쭐해서 그렇게 말하더니 사체 인형 옆에 모란을 두었다.

—하지만.

인형은 좀비 얼굴인 채로, 한층 더 큰 눈물방울을 뚝뚝 흘렸다.

「우으우으~ 우으으으~ 아니야~ 이게 아니야아아아아아!」

"그렇다고 하네요."

"그런 말도 안 되는!"

치하야는 외쳤다.

조금 전까지의 의기양양한 얼굴은 어디로 갔는지, 짜증이

난 것처럼 머리를 마구 헝클어뜨리고 있었다.

"내 예상이 틀렸다고?!"

유리는 입 안에 있던 도라야키를 삼킨 다음, 생각난 것을 말했다.

"그럼 마메다이후쿠와 마찬가지로, 상자에 보타모치(*멥쌀과 찹쌀을 섞어 쪄서 뭉치고, 겉에 팥이나 콩고물 등을 묻힌 떡. 보타는 모란을 말한다.)라도 넣어보면 어떨까요?"

"싫다! 하필이면 그런 표절 같은 짓은 하고 싶지 않아!"

어린애냐? 유리는 어이없어하며 차를 마셨다.

"사체 이퀄 나비라는 건 맞을 것 같은데 말이죠……."

"……신도."

"네?"

유리가 고개를 갸웃거리자 치하야는 황금색 눈동자를 번뜩이면서 낮은 목소리로 말했다.

"'모란과 나비'는 내 안건이다. 너는 일절 손을 대지 마. 참견도 하지 말고."

자신만만했던 추리가 틀려서인지 치하야는 매우 발끈해 있었다.

이 녀석 꽤 성가신 남자로군, 하는 생각을 숨긴 채 유리는 순순히 그 말을 따랐다.

"알았습니다."

유리는 그 이후로 인형에 관해서는 전혀 간섭하지 않고 울부짖고 있는 뻐꾸기 그림을 멍하니 관찰했다.

그 옆에서 치하야는 말없이 인형의 이곳저곳을 조사했다. 뻐꾸기의 수수께끼를 풀 단서도 찾지 못한 채, 유리가 하품을 한 번 했을 때 치하야가 옆에서 어깨를 찔렀다.

"어이, 이걸 봐."

"뭔가요?"

"인형 발바닥에 인쇄된 게 있다."

치하야는 유리에게도 잘 보이도록, 유리 코앞에 인형 발을 슥 들이댔다.

발은 좀비화되어 있지 않았고, 희고 단단한 발바닥에는 아래와 같은 글씨가 새겨져 있었다.

produit en France en 1876

1876년 프랑스제라는 의미의 프랑스어였다.

"이 사체 인형은 프랑스에서 만들어진 거다. 1800년대 후기라고 하면—."

"유럽에서 일본 취향(자포니즘)이 유행했던 시기로군요."

유리가 우등생답게 바로 대답하자 치하야는 고개를 크게 끄덕였다.

"그 말대로다. 그렇다는 건, 1876년 프랑스에서 이러한 일본적인 인형이 만들어졌다고 해도 당시의 시대적 배경을 생각하면 특별히 이상한 일은 아니라는 뜻이지."

"말씀하신 대로라고 생각합니다."

"'bouton'."

"네? 방금 뭐라고?"

"뭐라고 들렸지?"

"……브통? 보탄?"

"그래, 프랑스어를 표기법에 맞춰 표현한다면 '브통'에 더 가까운 발음일 거다. 하지만 우리 일본인의 귀에는 '보탄'이라고도 들리지."

치하야는 차로 입을 축였다. 그리고 촉촉하게 젖은 입술로 의기양양하게 미소 지었다.

"……나는 두 번은 틀리지 않아."

치하야는 찻잔을 내려두고 일어서더니 그 자리를 뒤로 했다.

다시 정원에 나갔던 것인지, 돌아온 치하야는 이번에는 봉오리가 잔뜩 달린 은방울꽃을 한 손 가득 움켜쥐고 나타났다.

치하야는 오동나무 상자 안에서 모란꽃을 빼고 대신에 은방울꽃을 바쳤다.

그러자 믿을 수 없는 일이 일어났다.

좀비화해 있던 인형의 피부가 마치 영상을 되감은 것처럼 순식간에 진줏빛으로 변화했던 것이다.

가랑눈처럼 하얀 뺨에 이슬을 머금은 복사꽃 같은 입술.

감겨 있던 눈꺼풀은 조개껍질 같았고, 잠자는 숲속의 공주처럼 아름다웠다.

"오, 원념이 정화된 건가요?"

유리가 눈을 깜빡이며 그리 묻자 치하야는 우아하게 차를 마시면서 말했다.

"그래. 깨끗하게 정화되었다."

"어째서죠? 대체 어떤 이유로요?"

"'bouton'은 프랑스어로 봉오리라는 뜻. 프랑스제인 '사체 인형'은 모란보다 조국의 꽃—예를 들면 은방울꽃—봉오리가 그리웠던 걸 테지. ……말장난 같은 거다."(*모란을 뜻하는 일본어 보탄(ボタン)과 봉오리를 뜻하는 프랑스어 브통(bouton)의 발음이 비슷한 것을 이용한 말장난.)

"확실히 말장난 같지만, 훌륭하세요. 저, 사장님이 프랑스어에 능통하실 줄은 전혀 몰랐어요."

"할 줄 아는 게 당연하다. 프랑스에 어학연수를 다녀온 경험이 있으니까. 하지만 그렇다고 해서 영어까지 잘하는 건 아니야. 그도 그럴 게 프랑스어는 라틴어족이지만, 영어는 게르만어족이니까. 따라서 영문 메일에는 반드시 '번역의 왕자님'이라는 프로그램을 쓰고 있다. 그건 추천할 만해. 가끔 무슨 소리인지 모를 번역을 해버리지만."

치하야는 수수께끼를 풀어 기분이 좋아졌는지, 딱히 말하지 않아도 좋을 정보까지 주저리주저리 이야기했다. 유리는 적당히 흘려 넘기기로 했다.

"그런가요? 기억해두겠습니다."

"그럼, 신도."

치하야는 맑은 호박 같은 눈동자로 슬쩍 유리를 보았다.

"네 휴식 시간은 끝이다. 나는 '모란과 나비' 수수께끼를 풀었고, 마메다이후쿠는 '붓꽃과 널빤지 다리'의 수수께끼를 풀 테지. 남은 '등나무와 뻐꾸기' 수수께끼를 푸는 건, 네 몫이다."

등나무와 뻐꾸기

'붓꽃과 널빤지 다리', '모란과 나비'와 달리 '등나무와 뻐꾸기' 오동나무 상자에는 사연 있는 그림과 함께 장방형으로 접힌 종이가 들어 있었다.

종이 상태를 보는 한, 그림보다 나중에 쓰인 것인지도 모른다.

찢어지지 않도록 조심하며 유리가 종이를 펼쳐보자 헨타이가나(*현재 사용되는 일본의 문자 히라가나와는 다른 자체의 문자.)로 그 내력 같은 것이 줄줄이 쓰여 있었다.

"읽어. 일본 문학 전공생."

"그러니까…… '때는 다이고 천황, ……의 치세'……."

옆에서 들여다보는 치하야가 시키는 대로 유리는 더듬더듬 글을 읽기 시작했다.

한자 부분은 겨우 읽을 수 있었지만, 글의 대부분은 익숙하지 않은 헨타이가나라 유리는 고전했다.

아무리 일본 문학 전공이라고는 해도, 헨타이가나를 접한 것은 대학생이 된 이후였던 것이다.

유리는 학교에도 들고 다니는 가방에서 헨타이가나 일람표를 꺼내더니 한 글자 한 글자, 긴 시간을 들여가며 해독해 갔다.

"유카케, 케가 아니라 게인가? —라고 하는 공주…… 있……었다……."

"거기까지면 됐다."

예상대로라고 할까, 인내심이 부족한 치하야는 금세 유리의 음독을 제지했다.

"과연 그렇군. 1학년에게 헨타이가나는 좀 어려운가."

"본가가 신사라서 축문에 익숙할 터인 사장님이라면 읽으실 수 있지 않나요?"

"축문은 통째로 암기했지만, 헨타이가나 같은 걸 읽을 수 있을 리 없지. 나는 현대인이다."

적반하장 모드로 노려보는지라 유리는 한숨을 내쉬었다.

"그렇다면, 나중에 헨타이가나 시대부터 살아온 마메다이 후쿠에게 읽어달라고 하죠."

"그게 좋겠군."

그런 연유로 유리는 내력이 쓰인 문서를 일단 제쳐두기로 하고, 변함없이 뻐꾸기가 비명 같은 소리로 울고 있는 '등나무와 뻐꾸기' 그림을 빤히 바라보았다.

"이 꽃은 어떻게 봐도 등나무꽃이죠……?"

"그래. 그럼 새 쪽은?"

"뻐꾸기일 테죠."

"그림에 그려진 게 정말로 뻐꾸기일까? 날개가 거무스름한 색인 작은 새는 달리 얼마든지 있을 것 같은데."

"아뇨, 뻐꾸기예요."

"어떻게 단언하지?"

치하야가 물었다. 순수하게 궁금하다기보다는, 사실은 답을 알면서 일부러 유리를 시험하고 있는 듯한 짓궂은 말투였다.

그러나 유리는 동요하지 않고 크게 벌어진 뻐꾸기의 부리를 가리켰다.

"색이 무척 바랬지만, 입 안을 일부러 붉게 칠했기 때문이에요. 『고킨와카슈(古今和歌集)』에 이런 노래가 실려 있어요. '추억에 잠긴 산속 사는 뻐꾸기'……."

"'진홍색으로 물들어 우는구나'인가."

"……잘 아시네요."

"온갖 예술 교양을 주입받으며 자랐으니까."

"다도만이 아니라고요?"

"다도, 꽃꽂이, 시, 향, 무도에서는 검도, 궁도. 다도만은 몸에 익지 않았지."

"잘 알고 있습니다. 어쨌든 여러 번 우린 맛의 차였으니까요."

"그런 건 얼른 잊도록."

치하야는 언짢은 기색이 담긴 목소리로 말했지만, 무슨 생각을 했는지 갑자기 미소를 지었다.

"……아니, 말하지 않아도 될 걸 일부러 말한다는 건, 기억을 지워주길 바라는 건가?"

치하야의 황금색 눈동자가 번뜩 빛났다.

"기, 기억을 지우다뇨. 아무리 사장님이라도 그런 걸 하실 수 있을 리 없잖아요?"

"그게 말이지, 가능하거든."

치하야는 옆에서 손을 뻗더니 유리의 머리 위에 가볍게 올렸다.

"기억하고 있나? 면접 때, 너를 고용하기 전에 아르바이트생 열 명이 연속으로 내뺐다는 이야기를 했었지? 그때도 내뺀 아르바이트생들의 기억에서 요괴와 회사, 나에 관한 기억을 모조리 지웠었다. 그렇게 안 하면 나중에 귀찮은 일이 되지 않겠나?"

농담을 하는 것 같지는 않았기에 유리는 의자째로 이동하여 치하야에게서 거리를 두었다.

"사장님은 어째서 그런 걸 하실 수 있는 건가요?"

"기업 비밀이다. 아르바이트생 따위에게는 말해줄 수 없지. 표면적인 업무의 사원에게도 말해주지 않겠지만."

"그럼, 제가 요괴 파견 회사의 정사원이 되면 가르쳐주시는 건가요?"

"정사원으로 삼아주길 바라는 건가? 네가 우리 회사에 와준다면 대환영이지."

치하야가 재미있다는 듯이 웃자 유리는 "됐습니다"라며 외면했다.

"애석하게도 현재 저의 제1지망 직종은 교사니까요."

"그래, 그거 아쉽군."

전혀 아쉬워하지 않는 것 같은 말투에 기분 상해하면서도 유리는 그림 쪽으로 시선을 돌렸다.

"'추억에 잠긴 산속 사는 뻐꾸기 진홍색으로 물들어 우는 구나'라는 글의 의미를 사장님에게 설명할 필요는 없을 테지만, 현대어로 풀이하자면 '옛일을 떠올릴 때 뻐꾸기는 피를 토하듯이 입을 새빨갛게 물들이고 운다'라는 의미가 됩니다. 헤이안 시대 사람에게 '뻐꾸기가 피를 토하듯 운다'라는 건 일종의 약속 같은 거니까, 이걸 그린 화가도 이 새가 뻐꾸기라는 것을 강조하기 위해 일부러 입 안을 새빨갛게 칠한 것일 테죠."

"그래서?"

"그래서…… 이 새가 '뻐꾸기'라는 것을 확인했을 뿐입니다."

"흐음."

"……정말, 잠자코 계세요! 사장님도 풀었으니까, 저도 풀고 말겠어요!"

"왜 화를 내는 거지? 내가 뭔가 네 기분을 거슬리게 하는 짓이라도 했나?"

"눈이 싱글싱글 웃고 있습니다!"

유리는 싱글싱글하고 있는 치하야에게 거칠게 말했지만, 울컥하고 있을 때가 아니었다.

쓰여 있던 내력 중에 겨우 읽은 부분을 다시 한번 반추해 보았다.

"'때는 다이고 천황의 치세. 유카게라는 공주가 있었다'. ……하지만 공주는 그려져 있지 않은데."

"둔하군. 장학생이라면 뻐꾸기의 별명 정도는 알 거라고 생각했는데."

"뻐꾸기의 별명……?"

그러고 보니 강의 시간에 여름의 와카를 배울 때, 교수님이 칠판에 뻐꾸기의 별명을 써 내려 갔었다. 유리는 그것을 분명히 노트에 옮겨 적었고, 기억에도 남아 있었다.

'무늬 없는 새, 영혼 마중 새, 석양 새ㅡ.'

ㅡ석양 새!

"사장님, 이 뻐꾸기가 바로 유카게(*석양을 뜻한다.) 공주로군요!"

유리가 그렇게 외치고 치하야가 고개를 끄덕인 바로 그때, 장면이 전환하듯이 그림이 바뀌었다.

등나무 가지에 앉아 있던 뻐꾸기가 휙 날아오르더니 지면으로 내려앉았다.

그림 아랫부분에 붉은 그림자 같은 심홍색의 치맛자락이 펼쳐졌다.

뻐꾸기가 등나무 옆에 선 가련한 공주님의 모습으로 변한 것이다.

나이는 열다섯, 열여섯 정도일까? 꽃잎이 겹겹이 겹쳐진

듯한 비단 예복을 입었고, 땅에 닿을 만큼 긴 검은 머리카락
이 연약한 등과 어깨를 타고 흘러내려 있었다.

그 모습은 그녀가 손에 든 분홍빛 쥘부채에 반쯤 가려져
있었지만, 피부가 희고 커다란 검은 눈동자를 가진 매우 가
련한 소녀라는 것을 알 수 있었다.

나빠 보이는 혈색과 달리, 입술은 산호처럼 고운 붉은빛을
띠고 있었다.

'저기 그러니까…….'

눈앞에서 그림이 달라진다는 것은 이상한 일이지만, 도라
야키를 먹는 모란 그림 접시와 우는 좀비 인형을 본 다음이
었던지라 유리는 그다지 동요하지 않았다.

유리는 책상 위에 그림을 내려놓고서 치하야에게 물었다.

"사장님. 그림이 바뀌었는데, 이건 원념이 정화되었다는
의미일까요?"

"아니…….."

치하야가 고개를 저었을 때, 그림 속 공주님의 뺨을 타고
한 줄기 눈물이 흘러내렸다.

「……등나무. 아아, 원통하구나…… 등나무…….」

옥구슬이 굴러가는 듯한 맑은 목소리로 공주님이 저주의
말을 토했다.

유리의 등에 한기가 내달렸다. 그림 속에서 유카게 공주가

유리를 빤히 보고 있었다.

다음 순간, 그림 속에서 자그마한 그림자가 유리를 향해 홱 날아들었다.

뻐꾸기다.

그림 속에서 새가 튀어나온 것에는 역시 놀랄 수밖에 없어서, 유리는 순간적으로 손으로 눈을 가렸다. 뻐꾸기의 부리가 유리의 몸에 닿기 전에 치하야가 유리 앞으로 나섰다.

유리를 등 뒤로 둔 치하야는 날개를 퍼덕거리는 뻐꾸기를 양손으로 잡고 있었다. 그의 한쪽 손등에는 피가 배어 나왔다. 원래대로라면 유리가 입었을 터인 상처였다.

치하야는 재빠르게 주문 같은 말을 외웠다.

"마 문양으로 얼레를 만들어 이것을 감아, 곧 그 잎으로 이것을 돌려보내라."

그러자 뻐꾸기는 치하야의 손안에서 덧없이 사라졌다.

등나무만이 남겨졌던 그림 속에 다시 공주님의 모습이 나타났다.

공주님은 아직도 울고 있었다.

치하야의 손등에서 뚝 하고 피가 떨어졌다.

그것은 그림 위로 떨어졌지만, 스미는 일 없이 그대로 슥 사라졌다.

유리는 그제야 제정신을 차렸다.

"사장님, 상처를—."

창백해진 유리와는 대조적으로 치하야는 침착했다.

새까만 손수건으로 적당히 손등을 닦고서 시끄럽다는 듯이 대꾸했다.

"손거스러미만도 못한 찰과상이다. 일일이 소란 떨 것 없어."

"하, 하지만……."

저를 감싸는 바람에 그런 상처를.

유리의 동요가 진정되기를 기다리지도 않고 치하야는 바로 이야기를 진행해나갔다.

"뻐꾸기는 피를 토할 때까지 운다고 하지. 그렇다면 색이 바랜 이 그림에 부족한 것은 선명한 붉은 '피'의 색일 터."

"네……?!"

"—그런 결론이라면 편했을 테지만, 아닌 모양이군. 원념이 정화되지 않았어."

유리는 조심스럽게 그림을 손에 들었다.

공주님의 모습을 자세히 관찰해보았지만, 공주님은 소매로 눈가를 찍으며 울기만 할 뿐, 단서는 아무것도 보이지 않았다.

유리는 그림을 거꾸로 들어 보고, 뒤집어 보고, 온갖 각도에서 살펴보기도 했다.

그러나 해결의 실마리는 어디에도 없었다. 백기를 들고 싶은 심정으로 유리가 별다른 생각 없이 천장에 매달린 등롱 같은 조명에 그림을 비춰보았을 때였다.

유리는 무심코 "아!" 하고 소리를 질렀다.

"뭔가 알아낸 건가?"

"알아냈다고 할까, 등나무 그림 아래에 다른 나무가 비쳐 보여요."

유리는 의자째로 치하야 곁으로 옮겨 앉더니 그림을 빛에 비추면서 등나무 그림을 가리켰다.

그 아래에, 분명하게 등나무가 아닌 나무가 흐릿하게 비쳐 보였다.

짙은 녹색 잎이 무성하고 새하얀 꽃이 흐드러지게 피어 있었다.

동그란 봉오리는 진주, 활짝 핀 꽃은 눈의 결정처럼 아름다웠다.

"신목…… 귤나무꽃이로군."

"네. 귤꽃이에요."

이것은 명백하게 이상했다.

"사장님, 등나무 그림을 벗겨내도 괜찮을까요?"

"괜찮다."

"벼, 변상하게 된다거나 그런 일은 없을까요?"

"그림이 다소 달라졌다고 해서 변상을 청구한다면, 뻐꾸기가 공주로 변한 시점에서 이미 늦었을 테지. 그리고 좀비 인형도 이미 원형은 남아 있지 않아."

"그건 그렇지만…… 변상 문제가 생기면 어떻게 대처하시나요?"

"성가시니까 변상한다. 어차피 골동품으로서 가치가 있다고 해도 수백만 정도일 테지."

그런 건 돈 축에도 들지 않는다는 듯한 부자 발언이었다.

평소의 유리라면 진절머리를 내며 화를 냈을 테지만, 이번에는 치하야의 마음이 바뀌기 전에 차분하게 등나무 그림을 토독토독 벗겨냈다.

등나무 아래에서 선명한 귤나무 그림이 나타났을 때, 또다시 신기한 일이 벌어졌다.

그림 속 귤나무가 순식간에 하얀 사냥꾼 옷을 걸친 한 명의 아름다운 귀공자로 둔갑하더니, 훌쩍이며 우는 공주님을 살며시 다정하게 끌어안은 것이다.

영화처럼 움직이는 그림을, 유리와 치하야는 뚫어질 듯 바라보았다.

이윽고 공주님은 울음을 멈추고 귀공자의 품 안에서 행복하게 미소 지었다.

공주님의 뺨을 타고 흐르는 눈물의 수정 같은 반짝임마저도 선명했다.

그리고 공주님은 부끄러운 듯이 그의 가슴을 밀쳐내더니, 그제야 생각났다는 듯이 허둥지둥 들고 있던 쥘부채로 얼굴을 가렸다.

그림은 거기서 멈추었다.

이제 뻐꾸기의 울음소리도, 소녀의 훌쩍이는 소리도 들리지 않았다.

"원념이 정화되었다."

치하야가 담담하게 그리 말하자 유리는 놀람과 기쁨이 뒤섞인 비명을 질렀다.

"저, 정말인가요?!"

"그래. 그나저나……."

치하야는 정말이지 이해할 수 없다는 듯이 눈썹을 모으고 있었다.

무심코 유리도 함께 골똘히 생각에 빠질 뻔했지만, 금세 생각을 던져버렸다.

치하야가 부상을 당한 것이다.

유리는 책상 아래 두었던 가방을 무릎 위에 올려놓으며 말했다.

"원념이 정화된 이유는 나중에 생각해도 돼요. 마메다이후쿠에게 내력을 읽어달라고 하면 분명 알 수 있을 거예요."

"뭐지? 뭔가 달리 급한 일이라도 있는 건가?"

"네. 조금 전 다친 손을 치료해드릴 테니까 손을 내밀어주세요."

"손거스러미만도 못한 상처라고 했을 텐데?"

"손거스러미도 세균이 들어가면 큰일이에요."

유리가 끈질기게 물고 늘어지자 치하야는 귀찮다는 듯이 "멋대로 해"라며 베인 상처가 생긴 손을 책상 위에 올려두었다.

'어디가 손거스러미만도 못한 상처라는 거야……'

유리는 '웬만한 상처 정도는 침 발라두면 낫는다'는 생각을 가진 사람이었지만, 치하야의 손등에 생긴 상처는 작다고는 해도 깊었다.

여전히 구슬처럼 배어 나오는 핏방울이 무엇보다도 그 사실을 증명하고 있었다.

유리는 가방에서 꺼낸 반창고를 치하야의 손등에 조심스럽게 붙였다.

"……이제 만족하나?"

"네."

치하야는 유리가 손을 뗀 후에야 처음으로 자신의 손등을 보았는지, 갑자기 버럭 소리를 질렀다.

"이 반창고는 대체 뭐지?!"

"뽑기에서 당첨된 그 반창고밖에 없어요. 참아주세요."

유리는 치하야의 손등에 머리에 리본을 단 토끼 캐릭터가 그려진 푸른색 반창고를 붙였는데, 고작 반창고 따위에 그가 이렇게까지 분노할 줄은 몰랐다.

"사장님은 남자니까 분홍색보다 파란색 쪽이 낫겠다 싶어서 붙인 건데요."

"분홍이니 파랑이니 그런 문제가 아니잖아!"

호통을 듣고 있던 유리는 무심코 미소를 짓고 말았다.

치하야는 버럭버럭 화를 내고 있었지만, 그래도 반창고를 떼려고는 하지 않기 때문이다.

"……저기, 사장님."

"뭔가?!"

"조금 전에는, 그…… 감싸주셔서 고맙습니다."

반창고에만 정신이 팔려 있던 치하야는 기습처럼 날아든 그 말에 한순간 놀란 듯한 눈을 하고서 유리를 바라보았다.

그러나 금세 유리의 얼굴에서 시선을 돌리고 말았다.

"그만둬. 네가 그렇게 이상하게 솔직해지면 서쪽에서 해가 뜰 것 같으니까."

"뭐, 뭐라고요? 모처럼 사람이 감사 인사를 했는데 그런 말투라니!"

치하야와 유리가 말다툼을 벌이고 있을 때, 마메다이후쿠가 돌아왔다.

"마메다이후쿠. 어서 와."

「여어, 다녀왔어. 시키, 용돈 고마워. 여기 거스름돈.」

마메다이후쿠는 목에 걸어두었던 돈지갑을 통째로 치하야에게 던져주고 바닥에서 의자로, 의자에서 책상으로 뿅뿅 뛰어오르더니 등에 짊어지고 있던 포장된 화과자 가게 봉투를 책상 위에 내려두었다.

「이것으로 너도 끝이다.」

마메다이후쿠는 봉투를 열어 상자를 꺼내더니, 그 안에서 다시 야츠하시를 꺼냈다.

마메다이후쿠는 붓꽃 그림이 그려진 접시를 잠시 노려보는가 싶더니.

「이거나 먹어라! 이 짜식!」

원념이 가득 담긴 목소리로 외치고, 접시 위에 야츠하시를 하나 올려두었다.

마메다이후쿠가 말했던 대로 붓꽃은 마치 기다렸다는 듯이 야츠하시를 삼켰다.

우물우물 씹어 꿀꺽 삼키자, 알을 삼킨 뱀처럼 줄기가 꿈틀거렸다.

그리고 1분 후.

붓꽃 옆에 교토 명과 야츠하시 그림이 스으…… 떠올랐다.

"정말이지 엉성한 그림이 그려진 접시가 되었군. 하지만 원념이 풀린 모양이니 됐다.”

“마메다이후쿠, 시험 삼아 과자를 놔볼래?”

「그리하겠소이다.」

마메다이후쿠는 아직 경계심이 풀리지 않았는지 딱딱한 말투로 대답하더니 ‘붓꽃과 널빤지 다리’ 그림 접시 위에 샤미센요코초에서 사 온 모양인 도라야키를 올려두었다.

마메다이후쿠는 물론이고 유리와 치하야도 마른침을 삼키며 접시를 지켜보았다.

아무런 이변도 일어나지 않았다.

두 사람과 한 마리는 동시에 안도의 한숨을 내쉬었다. 마메다이후쿠는 드디어 마음속 응어리가 풀렸는지 조금 전까지와 다르게 환한 눈빛을 하고는 다른 오동나무 상자를 두리번두리번 살폈다.

「오오, ‘등나무와 뻐꾸기’랑 ‘모란과 나비’도 모양이 달라졌는걸. 이쪽도 무사히 해결한 거야?」

“그래. 하지만 한 가지, 네게 부탁하고 싶은 게 있다.”

“맞아. 마메다이후쿠, 이 종이에 쓰인 헨타이가나 읽을 수 있겠어?”

마메다이후쿠는 유리가 건네준 종이를 받아 들고 대강 훑어보더니 바로 대답했다.

「뭐야, 이런 거 식은 죽 먹기지. 너희 그거 알아? 에도 시대에 글자를 아는 사람 수와 하수도는 세계에서도 달리 찾아보기 힘들 만큼 대단했다고. 어디 어디, 한번 읽어주지.」

마메다이후쿠는 괜히 나이만 많은 것이 아니었던가 보다.

마메다이후쿠는 깜짝 놀랄 만큼 술술 헨타이가나가 섞인 글을 두 사람에게 읽어주었다.

―이야기에 따르면.

때는 다이고 천황의 치세. 유카게라는 가련한 공주가 타치바나(*귤을 뜻한다.)가의 아름다운 귀공자와 사랑에 빠졌다.

두 사람은 남몰래 사랑을 키워갔지만, 이윽고 유카게는 타치바나가보다 집안 좋은 후지와라(*후지와라(藤原)의 후지(藤)는 등나무를 뜻한다.)가의 귀공자 눈에 들어 타치바나가의 귀공자와 억지로 헤어지고 말았다.

그림을 잘 그리던 타치바나가의 귀공자는 헤어질 때 '적어도 그림 속에서는 영원히 함께 있을 수 있기를'이라며 귤나무에 뻐꾸기가 앉은 그림 한 장을 선물했다.

뻐꾸기는 '석양 새'라고도 불린다고 한다.

유카게는 후지와라가의 귀공자를 남편으로 맞은 후에도 그 그림을 소중히 여겼지만, 질투심 깊은 후지와라가의 귀공자는 그것을 매우 불쾌하게 여기고 다른 화가를 불러 등나무 그림을 그리게 하여 귤나무 그림 위에 덧붙이고 말았다.

유카게는 그림 속에서조차 사랑하는 사람과 함께할 수 없게 되었다.

벽에 세워진 시계가 19시를 가리켰을 때, 드디어 회사 현관문에 '준비 중'이라는 팻말이 걸렸다.

치하야 요괴 파견 회사에서는 19시부터 20시까지가 휴식 시간이다.

식사 담당인 유리는 채즙이 고소한 죽순과 닭고기를 넣어 지은 밥, 톳 조림, 그리고 테마리후(*밀가루를 반죽하여 동그랗게 모양낸 것으로 주로 국물 요리에 넣어 먹는다.)를 띄운 맑은 국물을 척척 만들어 각자의 자리에 차려놓았다.

식사는 언제나 저주받은 골동품이 가득한 뒤쪽 장사 일을 하는 사무실이 아니라, 표면적 업무 사무실로 쓰이는 곳에서 한다.

맡아놓은 중요한 물건을 만에 하나라도 더럽히는 일이 없게 하기 위해서다.

그리고 널따란 테이블에서는 자리 순서도 약간 달라진다.

유리는 치하야의 맞은편 자리에 앉고 마메다이후쿠는 치하야 옆에 앉는다.

누가 정한 것은 아니지만, 자연스럽게 그렇게 되었다.

치하야는 톳 조림에서 잘게 다져 넣은 당근을 신중하게 골라내서는 마메다이후쿠의 접시에 옮겨 담았다.

평소의 유리라면 바로 "당근 드세요"라고 주의를 주었을 테지만, 그만 유카게 공주에 관한 생각에 빠져 있느라 대강 보아 넘기고 말았다.

「그나저나, 울적한 이야기였어. 역시 윗분들 세상은 즐거움보다 괴로움인 건가. 어둡네!」

마메다이후쿠도 내력서에 쓰여 있던 내용을 다시 떠올리고 있었던 모양이다.

"그러게. 슬픈 이야기였어."

유리도 진지한 표정으로 마메다이후쿠의 말에 동조했다.

"정략결혼이라는 건 때로 불행한 결과를 가져오는 거구나. 유카게 공주도 불쌍하지만, 나는 후지와라가의 귀공자도 너무 안쓰러웠어. 내력서에는 후지와라가의 귀공자가 완전히 나쁜 사람처럼 쓰여 있었지만, 그 사람도 역시 유카게 공주를 사랑했으니까."

「맞아. 남녀 사이라는 건 좀처럼 잘 풀리기 어려운 법이지.」

마메다이후쿠는 다 안다는 듯한 표정으로 그리 말하더니 그릇을 두 손으로 들고서 국물을 들이켰다.

"그런데, 사장님."

"뭐지?"

"아까, 유카게 공주는 어째서 저를 공격하려고 했던 걸까요?"

"네 성인 신도(新藤)에 '등나무 등(藤)'이 들어가기 때문이 겠지. 이름에 '등나무'가 들어가는 성의 유래는 여럿 있지만, 일설에 따르면 헤이안 시대에 영화를 누리던 후지와라 씨의 피를 이어받은 집안이라고 하니까."

"등나무 때문…… 그랬군요. 말에 담긴 힘이라는 건 무시 할 수 없네요……."

유리가 심각한 표정으로 치하야에게 대꾸하면서 문득 시 선을 돌리자 치하야가 제 몫에서 골라낸 당근이 마메다이후 쿠의 밥그릇과 접시에 수북이 쌓여 있었다.

마메다이후쿠는 솜씨 좋게 젓가락을 놀려가며 「맛있어 맛 있어」 하고 신이 나서 먹고 있었지만, 유리는 미간을 찌푸 렸다. 치하야의 편식은 묵과할 수 없는 일이었다.

"잠깐, 사장님! 이렇게 얇게 다진 당근 정도는 드셔야죠!"

"싫다. 게다가 나는 너보다 밤눈도 밝으니까, 베타카로틴 은 이미 충분해."

그런 문제가 아니에요! 라며 유리는 테이블을 탁 내려치려 했다. 하지만 그때.

"그래도 당근 빼고는 다 맛있다. 내가 정식집 주인이라면, 이 정식 메뉴는 2500엔에 내놓을 거다."

"……무슨 장어 덮밥도 아니고……."

유리는 치하야의 이상한 금전 감각에 힘이 빠져서 테이블을 칠 힘도 사라지고 말았다.

그리하여, 나중에 유리가 들은 이야기에 따르면 세 개의 오동나무 상자를 치하야에게 맡겼던 의뢰주는 원념이 풀리면서 원형을 잃은 물건들을 보고서도 낙담하기는커녕 매우 감동했다고 한다.

특히 '등나무와 뻐꾸기' 그림에 얽힌 슬픈 사랑 이야기에는 눈물까지 흘렸다던가—.

거기까지는 좋았지만, 의뢰주의 집 창고에는 아직 사연 있는 골동품이 잠들어 있는 모양이었다.

"조만간 가을과 관련된 괴이를 보이는 사연 있는 물건들을 보내겠다고 하더군. 그때는 또 네 도움을 받도록 하지. 신도."

치하야에게 그런 말을 들었을 때, 유리는 노골적으로 떨떠름한 표정을 지었다.

솔직히 말해서 너무 힘들었던지라 이제 원념을 푸는 일은 지긋지긋하다고 생각했던 것이다.

그러나 이것도 다 돈과 고기를 위한 일이라며 마음을 다잡고, 유리는 "알았습니다" 하고 마지못해 승낙했다.

네코마타는 돌아오지 않는다

희고 옅은 구름으로 뒤덮인 하늘 아래를 유리와 치하야는 나란히 걸었다.

신입사원용 가방 안에는 마메다이후쿠도 들어가 있었다.

지난달 말에 파견 등록을 하러 왔던 야마우바(*깊은 산속에 산다는 마귀할멈.)와 취업처인 채소 카페의 미팅 자리에 동석하고 돌아가는 길이었다. 북상하고 있는 장마 전선의 영향으로 찌무룩한 날씨가 이어졌고, 거기에 더해 후텁지근하기까지 해서 마메다이후쿠도 나른해 보였다.

'언제나 밥을 두세 그릇씩 더 먹고 있으니까, 더위를 먹은 건 아닌 것 같지만.'

어젯밤에도 유리가 만든 카레를 고봉으로 세 그릇이나 먹어주었다.

치하야가 자신의 그릇에서 골라내 마메다이후쿠의 그릇에 슬쩍 옮겨두었던 당근까지도 싹 비웠다. 마메다이후쿠는 전쟁과 기아의 시대를 살아온 요괴인 만큼, 좋고 싫은 걸 가리지 않고 뭐든 먹어주는 착한 아이였다.

'그런 반면……'

유리는 곁에서 걷고 있는 치하야를 슬쩍 보았다.

더울 때든 추울 때든 상복 같은 온통 까만 차림을 한 치하야는 편식을 하는 경향이 있다. 취업 3개월째에 들어선 유리는 이미 치하야가 싫어하는 음식이 당근, 피망, 셀러리 순이라는 것도 파악하고 있었다.

"……뭐지?"

유리의 시선을 깨달은 것인지 치하야는 미간에 주름을 잡으며 유리를 내려다보았다.

사장님의 어린애 같은 편식 경향에 관해서 생각하고 있었습니다 하고 솔직하게 대답했다간 그의 미간에 잡힌 주름이 더욱 깊어질 것 같았던지라, 유리는 다른 화제를 꺼냈다.

"야마우바 씨, 무사히 채용돼서 다행이에요. 점장님과도 마음이 잘 맞는 것 같았고요."

"그래, 그렇군. 그녀는 의사소통 능력도 높고, 또 칼 갈기의 명인이자 양배추 채썰기 달인이다. 취업처에서 귀한 대접을 받을 테지."

전설 속 야마우바는 산속에 살면서 산에 온 인간을 잡아먹는 무서운 요괴다. 그러나 치하야 요괴 파견 회사를 찾아온 야마우바는 철저한 채식주의자로 육류는 일절 입에 대지 않는다는 이색적인 야마우바였다.

「나는 말이죠, 특히 버섯류를 좋아해요. 그중에서도 새송이버섯을 특히 좋아한답니다.」

그렇게 말하면서 우아하게 미소 지은 야마우바는 할멈이니 노파니 하는 말이 어울리지 않을 만큼 우아하고 기품 넘치는 노부인이었다. 빈틈없는 정장 차림에 꼼꼼하게 정리된

백발에 튤 레이스가 달린 모자를 쓴, 영국 귀부인 같은 여성이었던 것이다.

'사고 물건(우리 아파트)의 집주인이 실은 요괴였다든가, 츠쿠모가미가 아르바이트 테러를 한다든가, 우리 회사에 들어온 후로 놀랄 일의 연속이네. 요괴 세계는 심오하구나.'

그런 생각을 하면서 한적한 주택가를 걷고 있을 때였다.

「냐!」

「캬아!」

불온한 소리가 들렸다.

주변을 살펴보니 30미터 정도 앞에서 깡마른 검은 고양이가 털이 풍성한 뚱보 고양이에게 공격을 당하고 있었다.

검은 고양이는 입에 커다란 말린 정어리를 물고 있었고, 뚱보 고양이에게 펀치 공격을 당하면서도 절대 말린 정어리를 놓지 않았다. 마메다이후쿠가 깜짝 놀란 듯이 유리의 가방에서 얼굴을 내밀었다.

「무슨 일이야? 싸움이야?! 어이 어이, 해치워버려. 불과 싸움은 에도의 꽃이라고!」

"마메다이후쿠, 부채질하지 마."

학교에서 교직 과정을 밟고 있는 유리는 교사답게 흥분한 마메다이후쿠에게 주의를 주었다.

그리고 다시 두 마리의 고양이에게로 시선을 돌렸다가 문득 어떤 사실을 깨달았다.

'마른 쪽, 꼬리가 두 개잖아. 환경오염이나 화학물질로 인한 유전자 돌연변이일까?'

마메다이후쿠는 싸움을 부추겨댔고, 유리는 환경 문제에 관한 생각에 잠겼다.

치하야는 자그맣게 한숨을 내쉬었다.

"이런 이런. 너희들은 박정하군. 불쌍하지도 않은가?"

치하야는 그렇게 말하더니 오른손 손바닥을 접시처럼 펴서 위를 향하게 했다.

그러자 거기에 창백한 불꽃이 나타났다. 치하야가 여우불이라고 부르는 것이었다.

"저 검은 고양이를 구해줘라."

치하야의 명령에 여우불은 청년이 목소리로 「알았습니다」라고 대답하더니, 두 마리의 고양이들 쪽으로 둥실둥실 날아갔다. 유리는 그 모습을 바라보면서 치하야에게 물었다.

"어떻게 도우려는 건가요?"

"뭐, 지켜봐."

그 말대로 지켜보고 있으려니 여우불은 마술이나 무언가처럼 펑 하고 개의 모습으로 변했다.

그것도 험악해 보이는 얼굴을 한 불도그였다. 목에는 뾰족뾰족한 목걸이까지 하고 있었다.

불도그로 변한 여우불이 「크르릉~」 하고 으르렁거리자 뚱보 고양이는 뒤도 돌아보지 않고 도망쳤다.

"이제 됐다. 고맙다."

치하야가 걸음을 서둘러 불도그 쪽으로 다가갔다. 유리도 종종걸음으로 그 뒤를 따랐다.

「주인님께 도움이 되었다면 다행입니다.」

불도그는 쓸데없이 꽃미남인 목소리로 그런 말을 남기고 다시 여우불로 돌아가 휙 사라졌다.

"어디……."

치하야는 꼬리가 둘 달린 초라한 검은 고양이를 내려다보았다.

검은 고양이는 말린 정어리를 입에 문 채, 털을 곤두세우고 「하악」거리며 치하야를 위협했다.

"흥, 꼬맹이인 주제에 위세가 좋군. 이 녀석이고 저 녀석이고 기가 드센 여자애지만, 뭐 됐어."

치하야가 검은 고양이와 유리를 번갈아 보며 그리 말한지라 유리는 분개했다.

"여자애라니, 설마 저 말인가요?"

"달리 누가 있지?"

"저는 이미 열여덟 살인데요!"

"나는 스물다섯이다. ……10대? 그래서는 초등학교 고학

년과 큰 차이도 없군그래."

치하야는 코웃음을 치며 유리를 내려다보았다. 유리는 울 컥한 나머지 얼굴이 빨개졌다.

"동그란 주먹밥밖에 못 만드는 주제에!"

"술도 못 마시는 어린애인 주제에."

「어이 어이, 말싸움은 그쯤 해두라고. 부부 싸움은 개도 안 말린다지만.」

마메다이후쿠가 코를 후비적거리면서 정말이지 어찌 되든 상관없다는 말투로 말했다.

「그래서, 이 꼬맹이 고양이는 어쩔 건데?」

유리는 마메다이후쿠에게 꼬맹이라고 불리면 끝장이라고 생각했지만, 딴죽을 날릴 상황이 아니었다.

힘이 다했는지 만신창이인 고양이는 기절했다. 그래도 말린 정어리를 결코 놓지 않는 점에서 같은 가난뱅이로서 동정심을 느낀 유리는 가슴이 아팠다.

"사장님……."

"말하지 않아도 알아. 회사로 데려간다."

치하야가 자그마한 고양이를 가볍게 안아 드는 모습에 유리는 그를 다시 보게 되었다.

'……사장님은 이러쿵저러쿵해도 곤란해하는 존재를 내버려 두지 못하는구나.'

따뜻한 기분에 잠겨 있는 유리 곁에서 마메다이후쿠도 감탄한 듯이 말했다.

「호오. 시키 너도 상냥한 부분이 있잖아! 대가 없는 사랑이라는 거지?」

"대가 없는……?"

고양이를 안아 들고 걸음을 옮기려던 치하야가 딱 멈춰 서더니 싱긋…… 하고 웃었다.

"다름 아닌 내가, 아무런 이익도 안 되는 일을 할 거라 생각하나?"

유리는 '아, 역시 내가 아는 사장님이네'라며 오히려 안심했다.

치하야는 본인이 고양이를 주워놓고서, 고양이를 돌보는 일은 전부 유리에게 떠넘겼다.

유리는 배고파하는 고양이에게 고양이용 캔을 따준 다음, 목욕을 시켰다.

치하야 집의 1층 구석에 있는 작은 욕실에는 강렬한 메이지 초기의 향기가 감돌고 있었다.

바닥에는 발이 깔려 있고, 욕조도 나무로 되어 있었다. 그리고 샤워기가 없었다.

아무래도 치하야는 이 욕실을 사용하지 않는 모양이었다. 전에 그가 대중목욕탕에 다닌다는 이야기를 했던 적이 있었는데, 그 이유를 알 수 있을 것 같았다.

'……돈이 있으면 인테리어를 다시 하면 될 텐데.'

평생 대중목욕탕에 다닌다고 한다면 오히려 비용이 더 드는 것이 아닐까? 하는 오지랖 넘치는 생각을 하면서 유리는 수도꼭지를 돌렸다.

딱 적당한 온도가 되기를 기다린 다음 고양이에게 따뜻한 물을 뿌렸다.

유리는 동물을 길러본 적이 없지만, 고양이가 목욕을 싫어한다는 이야기는 고양이와 함께 사는 루나에게 들은 적이 있었다.

……할퀴지는 않을까.

그렇지 않아도 과격해 보이는 고양이였다.

유리는 돌아오는 길에 치하야가 산 고양이용 샴푸를 손에 덜어 조심스럽게 고양이를 만졌다. 다소는 저항하리라 각오를 다지고 있었지만, 예상외로 검은 고양이는 털을 거품투성이로 만들어도 기분 좋은 듯이 유리의 손에 몸을 맡겼다.

'후훗. 귀여워라.'

똑같이 온몸이 새까매도 그 귀여움은 치하야와 하늘과 땅 차이였다.

유리는 고양이를 정성껏 구석구석까지 샴푸로 씻긴 다음 따뜻한 물로 헹구었다.

깨끗한 수건으로 물기를 닦은 고양이를 안고서 사무실로 데려가자 한숨 돌릴 틈도 없이 늘 앉는 자리에 앉아 있던 치하야에게서 지시가 날아들었다.

"신도, 다과를 준비하도록."

지금부터 파견 등록자라도 오는 걸까 생각하면서 유리는 고개를 끄덕였다.

"네? 아, 네. 저기, 다과는 한 명분이면 될까요?"

「나도! 나도 과자 먹을래!」

본인의 자리가 된 프린터 위에서 마메다이후쿠가 냉큼 손을 들었다.

"그럼 두 명분으로. 너도 배고프면 세 명분."

"……알겠습니다."

……배고프면이라니.

개나 고양이와 같은 취급을 받은 듯한 기분이 들었지만, 유리는 순순히 대답하고 방을 나섰다. 그러자 검은 고양이도 종종거리며 뒤를 따라왔다.

'의외로 사람에게 익숙한가 보네.'

유리는 검은 고양이에게 맞추어 걸음을 늦춰주었다.

주방에 들어가자마자 바로 차와 과자 준비를 시작했다.

얼음을 넣은 잔에는 어제 만들어두었던 차가운 후카무시 센차를 따랐다.

깨끗한 비취색을 띠고, 향기도 좋았다. 직접 했지만 꽤 잘 우려진 것 같았다.

차와 함께 내놓을 과자는 파견 등록자를 위해 치하야가 언제나 준비해두고 있다.

오늘은 전국적으로 유명한 화과자점의 초여름 한정 과자였다.

수정처럼 투명한 한천 속에 팥소로 모양을 낸 금붕어가 들어 있었다.

운모처럼 섬세한 흰색과 분홍색의 비늘부터, 수면에 둥실둥실 떠 있는 물들기 전의 푸른 단풍잎에 이르기까지. 여름의 짧고 아름다운 정경을 잘라내어 놓은 듯한 훌륭한 작품이었다.

「냐!」

스테인리스제 조리대 위로 뛰어 올라온 검은 고양이도 화과자를 보고 눈을 반짝반짝 빛냈다.

"너도 먹고 싶니? 고양이는 사람 음식은 먹지 않는 쪽이 좋을 거라고 생각하지만…… 나중에 아주 조금만, 내 몫을 나눠줄게."

유리는 자그마한 검은 고양이를 다정하게 쓰다듬고, 다과가 담긴 쟁반을 들고서 방으로 돌아갔다.

유리는 일단 과자를 아무도 앉지 않은 치하야의 맞은편 자리와 프린터 위에 올려두고, 차를 모든 자리 앞에 둔 다음 치하야의 옆자리에 앉았다.

"어디……."

치하야는 선반에 놓인 붉은 금붕어 토기 인형을 톡톡 찌르고 있는 검은 고양이를 보더니 단호하게 말했다.

"너는 이 주변에서 유명한 도둑고양이지? 게다가 요괴 네코마타로군."

고양이는 금록색 눈동자로 치하야의 얼굴을 가만히 바라보더니 이윽고 단념한 듯이 입을 열었다.

「들켰으니 할 수 없지.」

방울을 흔드는 듯한 가련한 소녀의 목소리로 그렇게 중얼거리는가 했더니, 검은 고양이는 순식간에 사람 모습으로 둔갑했다.

나이는 스무 살 정도에 성격이 드세 보이는 미소녀였다. 흰색 바탕에 붉은 마 잎 무늬가 그려진 유카타를 걸치고, 황금색 띠를 등 뒤에 리본 모양으로 묶고 있었다.

다만 완전한 인간의 모습은 아니었다.

"귀가 그대로인데, 아직 어린아이라 완전하게 둔갑하지 못하는 건가?"

치하야가 코웃음을 치자 고양이 귀 미소녀는 울컥하며 반론했다.

「네코마타의 둔갑 능력을 얕보지 말라고.」

그렇게 말하자마자 고양이 귀 미소녀는 휙 유리의 모습으로 변했고, 이어서 휙 마메다이후쿠의 모습으로 변했다.

하지만 마지막에 치하야로 변했을 때는 고양이 귀가 그대로 자라나 있었고(안타깝게도 정말이지 귀엽지 않았다), 그 후 바로 원래의 고양이 귀 미소녀로 돌아왔지만, 그때에는 녹초가 된 모습이었다.

"과연. 타인의 모습으로 변하면 요력을 소모하는 건가."

「그런 거야.」

"일단 거기에 앉아서 차라도 마시는 게 어떤가?"

치하야가 맞은편 자리를 권하자 고양이 귀 미소녀는 얌전히 의자에 앉았다.

할짝할짝 냉차를 마시기 시작한 고양이 귀 미소녀에게 치하야는 말했다.

"아까 풍채 좋은 고양이에게 습격을 받았던 것도 분명 그녀석의 먹이를 훔쳤기 때문이겠지?"

「그렇다고 하면 그게 뭐 어쨌다고? 너, 나한테 설교라도 할 셈이야?」

고양이 귀 미소녀는 잔을 내려놓더니 부릅뜬 커다란 눈동자로 치하야를 빤히 노려보았다.

무척이나 귀여웠지만, 동공이 세로로 긴 탓인지 노려보면 꽤 위협적이었다.

「말쑥한 젊은 나리. 나는 당신이 하는 말 같은 건 듣지 않을 거야. 부자가 내세우는 정론만큼 설득력 부족한 것도 없거든. 가난뱅이에게는 가난뱅이의 질서라는 게 있다고.」

"그러네요. 네코마타 씨. 당신이 하는 말씀은 지당하다고 생각합니다."

유리는 진지한 표정으로 고양이 귀 미소녀를 바라보았다.

"부자는 어차피 가난뱅이의 마음 같은 건 이해하지 못해요."

유리가 자포자기한 듯 뱉어버리자 고양이 귀 미소녀는 눈을 깜빡거렸다.

「언니, 혹시 당신도 나랑 같은 부류야?」

"네. 비바람을 피할 집은 있지만, 주린 배는 식빵 끄트머리와 양배추로 채우고 있어요."

「그래서구나. 같은 가난뱅이 냄새가 난다 싶었어. 나는 유가오. 당신은?」

"신도 유리라고 해요."

유가오라고 이름을 밝힌 고양이 귀 미소녀에게 치하야보다 유리가 먼저 명함을 건넸다.

유가오는 명함에 시선을 떨어뜨리더니 희미하게 미소 지었다.

「유리라. 이름의 울림이 꽃이라는 것도 나랑 같네. 더더욱

친밀감이 솟아나는걸.」(*유가오는 밤나팔꽃, 유리는 백합꽃.)

"고맙습니다. 저도 가난뱅이에게는 친숙함을 느껴요."

유가오가 자신에게 마음을 열어주었다는 것을 느낀 유리도 눈을 가늘게 뜨며 부드럽게 미소 지었다.

"하지만, 유가오 씨."

교직 과정을 밟고 있는 유리는 교사답게 말을 이었다.

"물건을 훔치는 건 좋지 않아요. 조금 전처럼 뚱보 고양이에게 맞을 위험성도 있고, 무엇보다 제대로 일해서 구한 음식 쪽이 맛있을 거예요."

유리는 은근슬쩍 구인 이야기를 흘렸다.

어차피 치하야도 그럴 셈으로 그녀를 여기 데려왔으리라.

그러나 유리의 말에 유가오는 흥 하고 고개를 돌리고 말았다.

「나, 얼굴은 귀엽지만 배움도 재능도 없어서 어차피 고용해줄 곳은 없는걸.」

"있다."

치하야가 바로 그렇게 말했다.

유가오는 의심스럽다는 눈으로 치하야를 바라보다 갑자기 떠올랐다는 듯이 소리 높여 말했다.

「온통 새까만 차림에 특징적인 황금색 눈! 깊은 산속이나 깊은 바닷속에 사는 카쿠리가미가 아니라면, 혹시 네가 뒤쪽 장사로 요괴에게 일을 알선해준다든가 하는 치하야 시키?
흰 토끼 이나바라고 하는 좀도둑 동료나 옥토끼당 진료소의
쿠로고마라는 까마귀한테 당신 소문은 들었어.」

"아, 그런가. 나도 유명해졌군."

"쿠로고마?"

유리는 의아해했다.

흰 토끼 이나바가 코를 다쳐서 회사를 찾아왔을 때도 나왔
던 이름이었다.

그때는 물을 타이밍을 놓치고 말았지만, 그렇게 유명한 요
괴인 걸까?

유리가 그런 생각을 하고 있으려니 치하야가 설명을 해주
었다.

"쿠로고마라는 건, 옥토끼당이라는 요괴 전문 진료소에서
일하고 있는 자칭 야타가라스다. 새까맣고 동그랗고 작은,
얼굴이 그려진 폭탄 주먹밥에 다리가 셋 달린 듯한 모습을
하고 있지."

"상상이 될 듯도 하고 안 될 듯도 하고. 아무튼 동그란 까
마귀라는 것은 알았습니다."

"그나저나 좀도둑 동료인 이나바는 둘째 치고, 유가오가
옥토끼당의 쿠로고마와도 면식이 있다니, 의외로군. 겉보기
엔 튼튼해 보이는데……."

「나한테는 병약한 쌍둥이 언니가 있거든. 아사가오라고 해. 그 애가 지금 인베 선생님 댁에서 신세를 지고 있어.」

"옥토끼당 진료소에 입원한 건가?"

「맞아.」

"입원비는 어떻게 감당하고 있지?"

「……외상으로 해두고 있어.」

"갚을 방법은 있는 건가?"

입을 꾹 다물고 만 유가오에게 치하야는 매정하게도 몰아붙이듯이 말했다.

"인베 선생님은 나도 잘 알고 있다. 그는 다정한 선생님이지. 거의 공짜나 다름없는 요금으로 요괴들을 진찰하고, 약을 지어주지. 그러나 이 불황의 여파로 4월부터 덴야쿠료에서의 보조금도 상당히 감액되었다더군. 그는 어쩌면 현재 자신이 저축한 돈을 써가면서 겨우겨우 진료소를 운영하고 있는 상황인 게 아닐까? 우리 회사도 정기적으로 기부하고는 있지만, 치료비를 떼어먹는 환자들만 있어서야 단솥에 물 붓기일 테지."

유가오가 시들해진 꽃처럼 고개를 떨구는 모습을 보고 치하야는 노트북을 열어 몇 번인가 마우스를 클릭했다.

그러자 프린터가 가동했고, 그 위에서 차를 마시던 마메다 이후쿠가 흔들렸다.

치하야가 출력한 서류를 들어 유가오 앞으로 쓱 내밀었다.

「……이게 뭐야? 구인표?」

"맞아. 그다지 어려운 일은 아니야. 어느 사장 아드님의 저택을 관리하는 일이다."

「관리라니, 별장 관리인처럼 청소를 하라는 거야?」

"그래. 그 사장 아드님은 바빠서인지 어째서인지 아무래도 회사와 회사 근처의 비즈니스호텔에서 묵는 일이 많고, 좀처럼 집에는 오지 않는 모양이더군. ……아니, 가끔 돌아오기는 하는가 보지만, 오래 머물지는 않는다던가?"

「흐음, 이상한 녀석이네. 자기 집이면서.」

"뭐, 그 나름대로 이유가 있을 테지. 아무튼 이 사장 아드님은 자신을 대신해 집을 청결한 상태로 유지해줄, 말하자면 가정부 같은 자를 찾고 있다. 하지만 생판 모르는 여자를 집에 들이는 일에는 저항감이 드는가 보더군. 그래서 우리 회사에 요괴 가정부를 찾아주었으면 한다는 의뢰를 해주신 거다. 동물을 좋아하는지, 본체가 개나 고양이 모습인 요괴라면 더욱 환영한다더군."

치하야가 말을 마치자 마메다이후쿠가 갑자기 기운차게 외쳤다.

「뭐? 그럼 내가 할래! 개니까!」

"안 돼. 마메다이후쿠는 이 회사의 간판견이잖아."

"신도, 그건 아니다. 간판견이 아니라, **경비견**이다."

세 사람의 촌극에는 시선도 주지 않은 채 유가오는 진지하게 구인표를 읽었다.

저택 주인의 이름은 토조 카오루.

스물다섯 살이라는 젊은 나이에 키치조지의 히가시초에 단독 주택인 집을 갖고 있는 명문가의 후계자.

'일당 8천 엔으로 올려줄 수 있음. 개, 고양이 환영. 성별 불문. 요리가 가능한 자 특히 환영이라.'

유가오는 원래부터 도둑이었던 것은 아니다.

쇼와 중반까지는 아사가오와 함께 숙식이 가능한 찻집에서 일했었다. 시대의 흐름에 따라 가게가 문을 닫아버린 다음부터는 길거리를 떠돌게 되었지만, 일하던 때에 가게 주인에게 읽고 쓰기와 셈, 그리고 간단한 요리와 청소 방법은 배웠었다.

'내가 번 돈으로 아사가오를 돌봐주는 인베 선생님에게 은혜와 돈을 갚을 수 있다면. 아사가오에게 맛있는 걸 배불리 먹게 해줄 수 있다면…….'

유가오는 고개를 들더니 도전에 임하는 듯한 눈빛을 치하야에게 보냈다.

「나, 이 일 할래.」

치하야는 예상대로의 흐름에 만족했는지 홋 하고 미소 지었다.

"그럼 근로계약서와 서약서, 개인정보에 관한 동의서에 오늘 날짜와 서명을."

유가오는 치하야에게 서류와 펜을 넘겨받더니 한 장 한 장 조심스럽게 펜을 움직였다.

유가오를 현관홀까지 배웅하고 나니 마침 저녁 식사 시간이 되어 있었다.

오늘 메뉴는 부드러운 달걀 오므라이스와 샐러드, 그리고 콩소메 수프였다.

유리는 달걀만큼 만능인 식품은 없다고 생각했다.

부추 달걀 볶음, 닭고기 달걀 덮밥, 과자에 이르기까지. 어디에든 쓸 수 있다.

그리고 무엇보다. 싸다. 게다가 영양가 있다.

가난뱅이에게 있어서 이토록 감사한 식품은 달리 바나나 정도이지 않을까?

유리는 주방의 스테인리스 작업대 위에 올려두었던 세 개의 오므라이스(아버지 몫은 이미 밀폐 용기에 담아두었다)에 마무리로 케첩을 뿌려 방으로 가져갔다.

치하야와 그의 옆에 자리한 마메다이후쿠 앞에 샐러드, 수프, 오므라이스 세트를 내려놓고, 유리도 제 몫이 담긴 쟁반을 들고서 치하야 앞자리에 앉았다. 그러자 치하야가 말했다.

"아까는 그 속이 삐뚤어진 여자애에게 은근슬쩍 일 이야기를 꺼내줘서 큰 도움이 됐다."

"네. 그게, 사장님이 생각할 법한 일은 대체로 알고 있으니까요. 사장님이 의미도 없이 고양이를 주울 리 없다고 한다면, 처음부터 일자리를 소개할 목적이었던 거겠죠."

"그래. 어린 여자애치고는 훌륭했다."

"그러니까「어린 여자애치고는」이란 말은 필요 없다고요!"

유리가 뾰족한 말투로 대꾸하는 것을 들으며 치하야는 제 앞에 놓인 오므라이스를 내려다보았다.

희미한 버터 향이 감도는 오므라이스 위에는 쓸데없이 솜씨 좋게 케첩으로 그린 고양이 그림이 있었다. 조금 다르기는 했지만 유가오의 얼굴을 그릴 셈이었던 것이리라.

'이런 점이 딱 어린 여자애 같은데.'

치하야는 어처구니가 없었지만, 그런 유리를 아주 조금 흐뭇하게 여기는 것도 사실이었던지라 굳이 말하지는 않기로 했다.

유가오는 그다음 날부터 사흘 동안에 걸쳐 유리네 집주인 아주머니에게 가사 연수를 받았다.

꽤 오래전 일이라고는 하나 찻집에 취업했던 경험이 있던 유가오는 요리와 청소 실력만큼은 원래부터 부족한 점이 없었고, 세탁기 사용법도 금세 배웠다.

사흘째, 고양이 모습의 유가오는 치하야와 유리, 그리고 마메다이후쿠와 함께 토조 카오루의 저택으로 향했다.

무역 회사의 차기 사장인 카오루는 워낙 바빠서 얼굴을 마주하고 소개를 받을 시간을 내지 못했지만, 전날에 전화로 업무 내용과 조건 등을 유가오와 서로 확인했던 것이다.

키치조지역 북쪽 출구를 나오면 바로 보이는 상점가, 선로드 상점가를 빠져나와 무사시노 하치만구 방면을 향해 나아가다 도중에 모퉁이를 하나 돌아서 조금 더 걸어간 곳에서 치하야는 걸음을 멈추었다.

"여기다."

희미하게 햇볕이 비쳐드는 구름 낀 하늘 아래에 동서양식이 절충된 커다란 집이 서 있었다.

하얀 문 안쪽에 서 있는 그 저택을 유가오는 찬찬히 살펴보았다.

'다이쇼 시대 말 무렵에 이런 집을 자주 봤었는데, 이 집은 최근에 세워진 모양인걸. 나를 고용한 토조 카오루라는 녀석은 이런 레트로 모던한 게 취향인 걸까?'

마찬가지로 동서양이 절충된 형식이라고 해도 치하야의

집은 일본풍에 더 가까운 반면, 이쪽은 서양색이 더 강했다.

지붕은 물결 같은 모양의 일본풍 지붕이지만, 하얀 외벽은 독일식 판자벽이라고 불리는, 판자를 수평으로 겹겹이 붙여 가는 형식의 서양풍 벽이었다. 단층집이었지만 상당히 넓었다.

토조는 혼자 살고 있다고 들었는데, 언젠가 아내와 아이와 함께 살 것을 생각해 이렇게 큰 집을 지은 것이리라.

치하야는 토조가 속달로 보낸 여벌 열쇠를 검은 고양이 유가오에게 건넸다.

"알았나? 정기적으로 여우불을 보내 널 시찰할 거다. 냉장고 안의 푸딩 하나라도 훔쳐 먹으면 바로 해고다."

「시끄럽네. 이제 도둑질 같은 거 안 해.」

검은 고양이는 그렇게 말하더니, 주변에 인기척이 없다는 것을 확인하고서 고양이 귀 미소녀로 둔갑했다.

그렇다고 해도 고양이 귀가 다른 사람들 눈에 띄면 성가셔질 테니 머리 양쪽에 커다란 붉은 동백꽃 머리 장식을 달아서 감추었다.

그리고 오늘 유가오는 머리 장식에 지지 않을 만한 기모노로 몸을 감싸고 있었다.

마메다이후쿠가 유리의 가방 안에서 고개를 내밀더니 「어라? 한껏 멋을 냈네」라고 말했다.

「유리네 집주인분이 어릴 때 입던 기모노를 '취직 선물'이라며 몇 벌이나 흔쾌히 주셨어. 아사가오랑 함께 입을 거야. 그 집주인분, 언뜻 봤을 때는 평범한 아줌마 같던데. 실은 유복한 집에서 태어난 걸까? 이건 정말 질 좋은 물건인데.」

유가오는 새삼 자신의 옷을 내려다보았다.

소매와 자락이 흩날릴 때 살짝 들여다보이는 안쪽 의상은 매우 아름다운 심홍색.

옷깃은 언뜻 흰색 무지 같았지만, 자세히 보면 흰색 천에 하얀 실로 하얀 등나무꽃을 수놓았다.

자잘한 무늬는 진보라와 연보라색, 만(卍)자 무늬의 비단과 붉은색과 황금색 실로 이어진 커다란 방울이 여기저기에 박힌 전체적인 모양.

잔뜩 달린 방울 하나하나에 붉은 매화, 푸른 소나무, 노란 단풍…… 전부 다른 도안이 물들여져 있는 것이, 매우 공을 들인 물건이었다.

띠는 주홍빛 공단이었다. 꽃조개만 한 크기의 아주 작은 소나무가 금실로 셋, 조심스럽게 수놓아져 있었다.

끈을 고정하는 장식은 활짝 펼쳐진 날개가 정밀하게 조각된 상아로 된 학.

가정부 차림치고는 다소 호사스러운 것이 아닌가 하며 유가오는 걱정했지만, 원래 입고 있던 마 잎 무늬 유카타는 군데군데 해져서 그 차림으로는 너무 궁상스러워 보일 터였다.

"유가오 씨, 아주 귀여워요. 좋은 집안의 가정부에 걸맞은 차림이에요."

미소 짓는 유리를 보며 기억해냈다.

토조 카오루라는 청년은 명문가의 후계자였다. 이 정도의 기모노는 익숙하리라.

「그럼, 다녀올게.」

유가오는 열쇠를 손에 쥐더니 치하야 요괴 파견 회사의 멤버들에게서 등을 돌리고 현관으로 향했다.

무엇보다도 우선은 청소다.

이야기를 들은 대로 아름다운 외관과 달리 토조의 저택 안은 온통 먼지로 가득했다. 벌레 사체도 당연하다는 듯이 굴러다녔다.

유가오는 우선 저택 안을 일단 한번 둘러보기로 했다.

주인은 대부분 회사나 호텔에서 묵고 있는 만큼, 생활감이 없었다.

주방의 개수대는 말라 있었고, 물을 쓰는 다른 곳도 먼지가 수북할 뿐 곰팡이조차 없었다.

거기까지는 예상한 범주 내였지만, 무언가 기시감이 들었다.

침실에는 어디선가 본 듯한 커다란 침대가 하나 놓여 있었다.

거기에서 희미하게 감도는 이 냄새…… 사향(머스크향)도 기억에 있었다.

사향은 향수에도 자주 배합되는 향료로 드물지는 않았다.

유가오는 향냄새는 좋아하지만, 향수라는 건 냄새가 지나치게 강해서 좋아하지 않았다. 하지만 이 냄새에 감싸여 있으려니 안심이 되는 듯한 그리움을 느꼈다.

향수라는 것은 시간과 함께 향수를 사용한 사람의 체취와 서로 어우러져 이윽고 그 사람만의 향으로 변화한다. 그래서 같은 향수를 뿌려도 사람에 따라서 미묘하게 냄새가 달라진다. 그러나 거리는 언제나 다양한 냄새로 가득하기 때문에 이 향을 언제, 어디서 맡았는지는 떠올릴 수 없었다.

또, 이 저택에는 위화감도 있었다.

식당에는 커다란 4인용 테이블이 있었다.

앞으로 결혼하여 아이를 가질 예정이라고 해도 너무 성급한 것이 아닐까?

유가오는 마지막으로 거실에 발을 들였다.

거실에는 자그마한 불단이 있었다. 내부 장식이 전부 서양풍이라 흑단으로 된 불단도, 선향 냄새도, 여기서는 이질적인 것처럼 느껴졌다.

불단에 다가가 보고서 유가오는 깨달았다.

불단 주변에만 티끌 하나 먼지 하나 없었던 것이다.

게다가 불단에 바쳐진 꽃은 오늘 아침에 막 꺾은 듯한 싱싱한 꽃이었다.

하얀 헌화 안쪽에 사진이 세워져 있었다.

그 사진 안에는 이쪽을 보며 다정하게 미소 짓는 긴 머리카락의 아름다운 여성이 있었다.

……젊다. 스물둘이나, 스물셋 정도이리라.

'연인일까? 가족일까……? 잘 모르겠지만, 토조 카오루의 소중한 사람이었겠지.'

유가오는 얼굴도 모르는 주인의 심정을 생각하자 저릿하고 가슴이 아파 왔다. 하지만 자신은 고작 가정부일 뿐이고, 토조 카오루에게 있어서는 그 이상도 그 이하도 아닌 존재였다.

나와는 관계없는 일이라며 마음을 다잡고서, 빗자루와 먼지떨이를 들고 열심히 청소에 힘썼다.

복도 마른 걸레질을 마쳤을 때는 오후 10시가 되어 있었다.

'아, 일 마칠 시간이네. 슬슬 돌아갈까.'

유가오는 반짝반짝해진 저택을 한 번 돌아본 다음 만족스럽게 미소 지었다.

근무 시간은 오후 5시부터 오후 10시까지로, 일당은 8천 엔.

꽤 좋은 조건이지만, 그에 상응하는 노동을 해야만 한다고 생각했다. 하지만 이 정도로 깨끗하게 만들었으니 오늘은 이걸로 충분하리라.

거실로 돌아와 돌아갈 준비를 하고 있으려니 찰칵하고 현관문 열리는 소리가 들렸다.

토조 카오루가 돌아온 모양이었다. 그는 오늘부터 가정부가 온다는 사실을 알고 있었으니, 지금 여기서 마주친다고 해도 아무런 문제가 없었다. 그러나 현관에서 이쪽으로 가까워져 오는 것은 두 청년의 목소리였다.

'어라? 친구라도 데려온 건가? 으아, 어쩌지? 어쩌지?'

유가오는 당황했다.

자신은 백 년도 더 전부터 살아왔지만, 인간 모습으로 둔갑하면 어째선지 열두세 살 여자아이의 모습이 되고 마는 것이다.

한순간, 유리네 집주인 모습으로 둔갑할까 생각했지만, 다른 사람 모습으로 변하면 요력을 소모하는지라 가능하면 그건 하고 싶지 않았다.

'치, 침착해. 평범하게 고양이 모습으로 돌아가면 되잖아!'

집에 어린 여자아이가 있었다간 카오루가 범죄자 취급을 받을 것이다.

하지만 꼬리가 둘 달린 검은 고양이라면 카오루는 유전자

돌연변이를 일으킨 검은 고양이를 주워준, 그저 상냥한 청년이라 여겨질 터였다.

두 청년이 거실로 들어서기 바로 직전에, 유가오는 검은 고양이로 돌아왔다.

"저쪽에 적당히 앉아 있어."

카오루라고 생각되는 정장을 걸친 장신의 청년이 비슷한 나이로 보이는 청년에게 자리를 권했다.

"아, 고마워."

카오루와 함께 온 청년도 정장 차림이었지만, 카오루와 편하게 말을 나누고 있는 것을 보면 일과 관계된 사람이 아니라 친구인지도 모른다.

'나는 가정부니까, 손님을 대접해야 하는 걸까?'

물어보는 편이 좋으리라 생각해 카오루의 등 뒤에서 「냐아」 하고 울자, 카오루가 그제야 눈치챈 듯 유가오 쪽을 돌아보았다.

길다란 눈매에 흑수정 같은 눈동자. 얼음 조각상처럼 차갑고 단정한 생김새…….

유가오는 그 모습을 본 순간 심장이 멈추는 줄 알았다.

카오루는, 유가오의─첫사랑 남자였던 것이다.

그것은 정말로 정말로 사소하고 하찮고, 또 비참한 만남이었다.

두 달 전.

아직 벚꽃이 흩날리던 봄의 어느 날, 유가오는 배가 고픈 나머지 의식이 몽롱해졌다.

그래서 그만 손을 대고 말았던 것이다.

이 일대에서도 가장 흉악하고 흉포해 두려움을 사고 있는 보스 고양이의 먹이에.

유가오는 혼쭐이 났다.

흠씬 두들겨 맞고 있던 유가오를 도와준 사람은 우연히 그곳을 지나가던 아름다운 청년―지금 눈앞에 있는 토조 카오루였던 것이다.

―너, 배가 고프니? 우리 집에 올래?

유가오가 의식을 잃기 전, 카오루는 그렇게 속삭였다.

정신이 들었을 때는 본 적도 없는 침대 위에 있었다.

이미 수의사에게 보인 다음인지, 자신의 앞다리와 뒷다리에는 붕대가 감겨 있었고 얼굴에는 연고가 발라져 있었다.

그리고 카오루는 눈을 뜬 유가오에게 부잣집 페르시안 고양이가 먹을 법한 비싸 보이는 고양이용 캔을 숟가락으로 떠서 직접 먹여주었다.

그날 카오루는 지금 입고 있는 것 같은 회색 정장이 아니라, 치하야 시키와 같은 새까만 정장으로 몸을 감싸고 있었다. 넥타이도 새까맸다.

덤으로 눈꺼풀이 붉게 부어 있었다.

유가오는 보스 고양이에게 맞고 차이는 폭행을 당한 데다, 여기저기 할퀸 상처도 입었건만, 그런데도 어째선지 상처 하나 없는 카오루 쪽이 더욱더 상처 입은 듯 보였다.

자신보다도 훨씬 커다란 남자 사람인데도 닿으면 깨질 듯 연약해 보인다고 할까, 위태롭게 느껴졌다.

그날 밤, 유가오는 카오루의 품속에서 잠들었다.

자존심이 강한 유가오는 남자가 친한 척 건드리는 것을 무엇보다도 싫어했지만, 카오루가 그러는 것은 조금도 싫지 않았다. 오히려 마음이 편했다.

그도 그럴 것이, 그때는 이미 카오루에게 끌리고 있었던 것이다.

그러나 그는 인간이고, 자신은 요괴.

다른 종족 간의 혼인담에는 언제나 이별 이야기가 따라온다는 것을 유가오는 잘 알고 있었다.

『니혼 쇼키』의 도요타마히메도, 『시노다즈마』의 쿠즈노하도, 『자세이노인(蛇性の淫)』의 마나코도, 사랑하는 인간 남자와 백년해로하지 못했다.

단순한 동경이 사랑으로 바뀌기 전에 카오루를 떠나야 한다고 생각했다.

그래서 유가오는 카오루가 아직 잠들어 있는 새벽녘에 몰래 그의 곁을 떠난 것이다.

'그래서 이 저택의 내부 장식이나 침대…… 그리고 이 사람의 냄새가 익숙했던 거구나.'

그날 밤은 밖에서 저택을 바라볼 여유도 없이 그저 도망치듯이 카오루 앞을 떠나버렸지만, 자신은 틀림없이 이곳에 한 번 왔었던 것이다.

하지만 분명 카오루는 그런 일은 이미 잊어버렸으리라.

지금 카오루의 눈에 비친 자신은 치하야 요괴 파견 회사에서 파견되어 온 가정부 네코마타에 지나지 않을 터였다.

"너도 그만 쉬어도 된단다."

카오루는 조용한 목소리로 유가오에게 말하더니 피곤한 듯 넥타이를 풀었다.

그리고 카오루는 곧장 불단 쪽으로 향해 선향에 불을 붙였다.

그는 꽤 오랫동안 불단 앞에서 손을 맞대고 있었다.

그러는 동안 카오루의 친구로 보이는 청년은 그대로 방치되었지만, 청년은 뭔가 카오루의 사정을 알고 있는 것인지 특별히 마음 쓰는 기색도 없이 자신의 스마트폰을 만지작거렸다.

카오루가 불단 앞에서 움직이자 청년은 카오루에게 물었다.

"나도, 선향 피워도 될까?"

"그럼, 해줘. 그 녀석도 기뻐할 거야."

자리에서 일어선 청년과 교대하듯이 카오루는 소파에 앉았다.

이리 오렴, 하는 말을 들은 유가오는 잠시 망설였지만 소파로 뛰어 올라갔다.

카오루에게 다가가자 등을 쓰다듬어주었다.

카오루의 뺨은 병에 걸린 사람처럼 창백했고 매우 지친 듯이 보였다.

청년이 불단 앞에서 손을 맞대고 있는 동안 카오루는 커다란 편의점 봉지에서 종이컵과 페트병에 담긴 차를 꺼냈다.

네 개의 종이컵에 녹차가 채워졌다.

하나는 친구 자리 앞에 놓고, 하나는 카오루 앞에.

친구가 이쪽으로 돌아오자 차는 불단 앞에도 바쳐졌다.

남은 하나는 유가오 앞에 살며시 놓였다.

카오루는 자신의 옆에 있는 검은 고양이가 가정부이며, 게다가 요괴라는 것을 알면서도 당연하다는 듯이 차를 주었다.

그런 다정함에 다시 가슴이 두근거리고 만 유가오는 당황했다.

일을 마칠 시간은 이미 지났건만, 카오루 옆을 떠나기 힘들어 유가오는 꾸물꾸물 그 자리에 머무르고 말았다.

"어라? 카오루. 너 고양이 같은 걸 키웠던가? 게다가 꼬리가 둘이나 달렸는데?"

"키운다고 하기에는 어폐가 있지만."

카오루는 유가오에 관해 적당히 얼버무린 후, 화제를 바꾸었다.

"그나저나 이 집에 친구를 부르다니, 너무 오랜만이라 이상한 느낌이 드는걸."

"너 아직도 회사나 호텔에서 생활하는 거야? 설마 또 몇 주 동안이나 집을 비웠던 건 아닐 테지?"

"매일 돌아오기는 해. 아내에게 선향과 꽃을 바치지 않으면 외로워할 것 같아서."

유가오는 금록색 눈을 크게 떴다.

아내―. 불단에 놓여 있던 액자 속에서 미소 짓고 있는, 그 아름다운 여성이, 그의.

'아내분이…… 있었구나……. 게다가 이미 돌아가셨다니…….'

사진에 비친 여성은 기껏해야 스무 살을 둘이나 셋쯤 넘겼을까 싶을 만큼 젊었다.

애초에 카오루가 아직 스물다섯이었다. 분명 결혼한 지 얼마 안 되었으리라.

카오루는 고인의 사진을 공허한 눈동자에 담으며 "하지만" 하고 말을 이었다.

"이 집에 오래 있을 마음이 들지 않아. 내 집인데, 이상하지? 그런데 그게 잘 안 돼. 여기에 있으면 괴로워져. 마이에 관한 것만 생각하게 돼. 녀석은 왜 이 세상에 없는 걸까? 그 녀석이 없는데 어째서 나는 아직 이 세상에 있는 걸까? 하고."

"바보 같은 소리 하지 마."

카오루의 맞은편 자리에 앉은 청년이 진심으로 화난 목소리로 말했다.

"네가 그런 소릴 하면, 마이 씨가 슬퍼하잖아!"

"그래. 그것도 알고 있어. 마이는 그런 녀석이니까. ……알고는 있지만, 스스로의 마음을, 스스로 어떻게 하질 못하겠어."

카오루는 엄지와 검지로 양쪽 눈꺼풀을 강하게 누르더니 문득 자조적인 미소를 머금었다.

"틀렸어. 네 앞에서는 아무리 해도 진심이 나와버려서 안 되겠어."

"멍청아. 우리는 중학생 때부터 친구라고. 이제 와서 폼 잡지 마."

"……그러게."

"좋아! 오늘은 밤새도록 네 넋두리에 함께해주지!"

청년은 힘을 북돋우는 듯한 말투로 말하더니 편의점 봉지에서 캔맥주를 꺼냈다.

"어차피 회사에서는 아무렇지 않은 얼굴을 하고 있을 테고, 풀 데도 없을 테지. 자, 마셔 마셔. 토할 때까지 마셔도 돼! 어차피 네 집이니까!"

"어차피 내 집이니까라니. 너…… 좋은 녀석인지 아닌지 불분명해졌어."

친구끼리 편안한 술자리가 시작되자 유가오는 고양이 모습인 채로 꾸벅 카오루에게 인사를 하고 조용히 저택을 뒤로했다.

동물의 감으로 오늘 밤은 줄곧 날이 흐릴 터였다.

그러나 장마 전선의 영향인지 밤길을 걷는 사이에 하늘에서 토독토독 비가 내려왔다. 지난 10년 가까이, 여름이 되면 종종 비가 이상하게 내리곤 했다.

운 나쁘게도 오늘 밤은 그런 날이었다.

비는 순식간에 세차게 쏟아졌고 자그마한 유가오는 푹 젖어버렸다.

달빛, 별빛 하나 없는 새까만 하늘을 올려다보는 사이에 뺨을 타고 미지근한 물방울이 흘러내렸다.

'사랑이 이뤄지느냐 아니냐 이전에, 처음부터 내가 끼어들

틈 같은 건 없었던 거구나.'

유가오는 주륵주륵 눈물을 흘렸다.

그것은 불쌍한 카오루를 위해 흘리는 눈물이기도 했고, 첫 사랑이 깨지고 만 안타까운 마음에 흘리는 제멋대로인 눈물이기도 했다.

'……연적이 카오루의 아내분이고, 게다가 이미 귀적에 들었다면 나한테는 전혀 승산이 없어.'

실연했다고 해서 무언가 상황이 바뀌는 것도 아니다.

비는 그칠 테고, 날은 밝아올 것이다.

유가오가 얼마나 슬프든 상관없이 지구는 돈다.

즉, 유가오가 가난뱅이인 상태도, 옥토끼당 진료소의 인베 의사 선생님에게 갚아야 할 돈이 있다고 하는 현실도, 아무것도 달라지지 않았다.

유가오는 다음 날부터 담담하게 카오루네 저택에서 가정부 일을 하고, 때로는 불단 앞에서 손을 맞댔다.

그 후로 카오루가 다시 집에 온 적은 없었다.

하지만 마주치지 않는 편이 좋다고 생각했다.

만나면 괴로워진다.

괴로워진다는 것은, 유가오가 역시 아직 카오루를 좋아한다는 의미였다.

날마다 지급된 급여는 2주 후에는 제법 큰 돈이 되었다.

그중 얼마 정도는 자신과 퇴원 후의 아사가오를 위해 저축하고 있지만, 나머지는 옥토끼당 진료소로 가져갔다. 사람 좋은 인베 선생님은 유가오에게 돈을 받을 마음이 없는지, 아사가오의 입원 비용이 얼마인지 결코 가르쳐주지 않았다. 그러나 유가오는 시세를 알아보았다.

치하야 요괴 파견 회사에 찾아갔을 때, 컴퓨터로 검색해본 것이다.

요괴에게는 보험이 적용되지 않는지라, 참고삼아 마찬가지로 보험이 적용되지 않는 동물 병원에 동물을 입원시켰을 때의 비용을 조사했다.

그 결과 아직 아사가오의 입원 비용에는 한참 부족한 금액이라는 사실이 판명되었지만, 유가오는 지금 갚을 수 있는 만큼이라도 갚자고 생각했다.

정말로 돈은 됐습니다, 라며 곤란해하는 30대 중반의 인베 선생님에게 억지로 봉투에 담긴 돈을 떠넘기고 유가오는 가벼운 발걸음으로 옥토끼당 진료소를 나섰다.

어쩐지 기분이 조금이지만 후련해졌다.

제대로 일해서 벌어보는 것도 나쁘지 않다.

오랜만에, 그렇게 생각했다.

6월도 중반에 접어들자 드디어 간토 지방에 장마가 찾아왔다.

해는 내리쬐지 않고, 달도 비추지 않고, 하루 종일 비가 내리는 날이 계속되었다.

어떨 때는 촉촉하게 꽃을 적실 정도인 거미줄 같은 비가 내렸고, 또 어떤 때는 소리를 내며 창을 두드리는 구슬 같은 비였다.

투둑투둑 약한 비가 내리는 그 밤에도 유가오는 토조 저택 청소에 애쓰고 있었다.

이날 입은 기모노는 역시 유리네 집주인분에게 받은 것 중에서 유가오가 가장 마음에 들어 하는 옷이었다.

하얀 얇은 천에 은실로 흐르는 물을 수놓았고, 거기에 붉고 검은 색실로 수놓은 금붕어들이 살아 있는 듯이 헤엄치는, 맛있어 보이는 문양이기 때문이다.

그 기모노의 소매를 걷어붙이고 유가오는 열심히 일했다. 요즘 들어 습기가 엄청나서 주방과 욕실 등은 특히 정성껏 닦았다. 세면대를 새것처럼 깨끗하게 만들고서 이마의 땀을 훔치던 때, 드물게도 현관문이 열리는 소리가 났다.

머리에 자라난 고양이 귀는 빨간 동백꽃 조화로 감추어두었지만, 카오루가 또 손님을 데리고 왔다면, 열세 살 소녀가 집에 있는 것은 카오루에게 그리 좋지 않은 일일 터였다.

유가오는 검은 고양이 모습으로 둔갑하고 현관홀까지 카오루를 마중하러 달려갔다.

카오루는 아침마다 반드시 아내분에게 꽃을 바치고 있는 모양이었지만, 밤에 집에 돌아오는 것은 좀처럼 없는 일이었다. 그보다, 유가오가 여기서 가정부 일을 시작한 뒤로는 첫날 친구를 데리고 온 이후 처음이었다.

카오루는 유가오가 네코마타라는 것을 알고 있지만, 갑자기 「다녀오셨어요?」 하고 말을 하면 놀랄까?

하지만 말하고 싶다. 어떻게 할까, 어떻게 할까……. 그런 생각을 하면서 긴 복도를 달려가는 사이에 유가오는 이미 현관홀에 도착했다.

오늘도 세련된 정장을 걸친 카오루는 검은 우산에서 물방울을 떨어내고, 우산꽂이에 우산을 넣는 참이었다.

유가오의 모습을 본 카오루는 하얀 얼굴에 옅은 미소를 머금었다.

"……다녀왔어, 유가오. 어쩐지 갑자기 네 온기가 그리워져서."

갑작스럽게 이름을 불리고, 그리고 그립다는 말을 들은 유가오는 얼굴이 화끈거렸다.

검은 고양이 모습이기는 했지만, 새빨개졌을지도 모른다.

「다, 다녀오셨어요. 주인님. 무, 무슨 일이 있으셨나요?」

들뜬 목소리로 물으면서 유가오는 멍하니 카오루를 바라보았다.

그리고 깨달았다.

그의 뺨이 하얬다. ……창백하다.

검은 머리카락이 축축하게 젖어 있었다.

처음에는 비라고 생각했지만, 이마에 구슬처럼 빛나는 그것은 땀이었다.

입술 색은 옅었고, 검은 눈동자는 초점이 맞지 않는 듯한…….

주인님……? 하고 유가오가 말을 걸려 했을 때, 카오루의 몸이 휘청하고 기울어졌다.

유가오는 순간적으로 열세 살 소녀의 모습으로 둔갑해 몸을 날려 그 아래에 깔렸고, 그가 바닥에 머리를 찧는 것을 겨우 막았다.

유가오는 제 몸 위에 쓰러진 카오루의 어깨에 손을 댔다.

그의 몸은 매우 뜨거웠다. 그리고 꼼짝도 하지 않았다.

카오루는 의식을 잃고 있었다.

오후 10시.

유리는 치하야 요괴 파견 회사에서 퇴근할 준비를 하고 있었다. 가방에 필기도구를 집어넣고, 의자에 걸쳐두었던 햇볕

을 피하기 위한 카디건을 넣고, 마지막으로 마메다이후쿠를
넣었다.

"수고하셨습니다."

치하야에게 인사하고 자리에서 일어난 유리는 가방이 출
근했을 때보다 무거워졌다는 사실을 깨달았다.

'나도 참. 지친 나머지 마메다이후쿠까지 수납해버렸네.'

유리가 가방 안에서 자고 있는 마메다이후쿠를 꺼내자 치
하야가 아쉽다는 듯이 말했다.

"눈치채는 게 빠르잖아. 가져가 줘도 괜찮은데."

"사장님. 알고 계셨다면 말씀해주셨어야죠."

「경단이 수북해…… 흠냐흠냐…….」

치하야와 유리가 자신을 서로 떠넘기고 있다는 것은 꿈에
도 모른 채, 책상 위에 올려놓아진 마메다이후쿠는 뭔가 행
복해 보이는 잠꼬대를 중얼거리며 희미하게 웃고 있었다.

그때, 책상 위에서 치하야의 스마트폰이 울렸다.

"유가오한테서 온 거군."

치하야는 그렇게 말하고 전화를 받았다.

"어쩐 일이지? 뭔가 문제라도 있나?"

전화로 이야기하는 치하야의 표정이 서서히 심각해져
갔다.

"일단 진정해. 너는 그냥 거기에 있으면 돼. 구급차는 내가

수배할 거고, 우리도 바로 그쪽으로 갈 테니까."

치하야는 그렇게 말하고 통화를 마쳤다. 그리고 곧바로 다른 번호로 전화를 다시 걸었다.

"맥박은 있고, 호흡도 있는 것 같습니다. ……네, 주소는……."

치하야는 간단하게 용건을 전하고 전화를 끊더니 질문을 하고 싶어 보이는 유리에게 말했다.

"토조가 집에 오자마자 쓰러졌다는군. 미안하지만, 너도 함께 가주지 않겠나? 유가오가 매우 혼란스러워 보이니, 네가 있어주는 편이 좋을 거다."

"알았습니다."

도움이 되지 않을 것 같은 마메다이후쿠는 거기에 남겨두고 치하야와 유리는 회사를 나섰다.

유리는 치하야가 소유한 차의 조수석에 올라타 운전을 하는 치하야와 함께 토조의 저택으로 향했다.

구급차보다 치하야와 유리 쪽이 먼저 도착했다.

그리고 5분도 지나지 않아 사이렌 소리를 내면서 구급차가 나타났다.

이송될 곳이 정해지고, 운전 면허증이 없는 유리가 구급차에 동승했다.

유가오는 치하야의 차에 탔고, 나중에 유리와 무사시사카이의 종합 병원에서 합류하기로 했다.

토조가 검사를 받는 사이에 치하야의 차가 병원에 도착했다.

밤의 병원은 최소한의 조명밖에 없어 어둑했다.

고양이 모습으로는 병원에 들어갈 수 없으리라며 소녀 모습으로 둔갑한 유가오를 사이에 두고, 세 사람은 대기실의 기다란 의자에 나란히 앉았다. 치하야는 토조의 가족에게 연락을 하기 위해 자리를 잠시 비웠다가 돌아왔다.

"토조에게는 부모님과 동생이 하나 있지만, 타이밍 나쁘게도 전원 해외 지사에 출장 중인 모양이다. 그 집은 무역 회사를 운영하는 일족이라, 이런 일도 있을 만하지. 나중에 가족들이 토조에게 연락을 하겠다고 말씀하시더군."

「카오루, 죽거나 하는 건 아니지?」

유가오가 울음을 터뜨릴 것 같은 목소리로 치하야에게 물었다.

"그런 중병은 아니라고 생각하는데 말이지. 과로나 그런 게 아닐까?"

「하지만 인간은 덧없어. 금방 죽어.」

유리는 유가오를 보았다. 희미하게 떨리는 자그마한 소녀는 겉모습은 유리보다도 훨씬 어려 보이지만, 백 년도 더 전부터 살아온 요괴다. 그녀도 역시 마메다이후쿠와 마찬가지로 소중한 인간을 몇 번이나 만나고, 같은 수만큼 이별을 경험해왔으리라.

영원한 이별―사별을.

유리는 유가오의 머리를 헝클어뜨리며 쓰다듬었다.

파견 스태프를 대한다기보다 어린아이에게 들려주듯이 유리는 말했다.

"진정하렴, 유가오. 인간은 그렇게 금방 죽거나 하지 않아. 최근의 의료 기술은 눈부신 진보를 이루었고, 평균 수명도 점점 늘어나고 있어. 그리고 날 한번 봐. 매일 변변찮은 것만 먹고 있지만, 지난 10년 정도는 감기도 걸리지 않았어."

"너를 인간의 기준으로 삼으면 안 된다고 생각하는데."

유리는 그렇게 조용히 중얼거린 치하야의 옆구리에 유가오의 등 뒤쪽에서 팔꿈치 찍기를 날리고, 유가오를 향해 방긋 웃어 보였다.

"괜찮아. 네 기도는 분명 닿을 거야."

유가오는 금록색 커다란 눈동자로 유리를 바라보면서 「……응」 하고 자그맣게 답하며 고개를 끄덕였다. 그리고 조금 망설이는 듯한 기색을 보이더니 진짜 고양이처럼 유리에게 매달렸다.

한동안 모두가 아무런 말도 없이 기다리고 있으려니 의사가 세 사람 곁으로 다가왔다.

　의사의 설명에 따르면 토조가 쓰러진 원인은 과로로, 심인성 스트레스에 의한 것으로 보인다고 했다. 토조는 지금 링거를 맞고 있으며 입원할 필요는 없고, 오늘 밤에라도 집으로 돌아갈 수 있다고 했다. 다만 적어도 이삼일은 집에서 요양을 해야 한다고 의사는 거듭 주의를 주었다.

　이미 토조의 의식은 회복되었으며, 링거도 앞으로 한 시간 정도면 다 맞는다고 해서, 세 사람은 그대로 대기하기로 했다. 유가오가 자그마한 목소리로 치하야에게 물었다.

　「……나, 카오루를 위해서 뭘 해야 해?」

　"네 일은 달라지지 않아. 지금까지처럼 집을 청소하고, 빨래하고, 그리고 토조가 자택에서 요양한다면, 식사를 만들거나 하면서 바지런히 간병하면 된다."

　「간병하는 건 간단해. 하지만, 의사 선생님은 심인성 스트레스도 있다고 했어. 그건 카오루의 마음이 상처투성이가 되었다는 뜻이지? 나, 진심으로 카오루가 건강해졌으면 좋겠어. 그러지 않으면 카오루는 분명 또 쓰러져버릴 거야. 그 사람, 회사에서는 능력 있는 남자인 척을 하고 있는가 보지만, 정말은 언제나 아슬아슬한 곳에 서 있어.」

　―그 녀석이 없는데 어째서 나는 아직 이 세상에 있는 걸까?

그가 친구에게 그렇게 말하는 것을 들었을 때, 유가오는 그가 바닥이 보이지 않은 새까만 죽음의 구렁텅이로 스스로 걸어 들어가고 있는 듯한…… 그런 환상을 본 듯한 기분이 들었던 것이다.

유가오의 눈에 눈물이 고였다.

'아내분, 카오루가 그쪽으로 가게 될 것 같아지면, 부디 쫓아내 주세요.'

……아직 나를, 카오루 옆에 머물 수 있게 해주세요.

유가오는 지쳤는지 어느샌가 앉은 채로 유리의 무릎에 머리를 얹고서 잠들고 말았다.

유리가 조심스럽게 유가오의 단발머리를 쓰다듬고 있으려니 간호사와 함께 토조가 걸어왔다. 그 발걸음은 아직 불안정했지만, 이송되어 오기 전에 봤을 때와 비교하면 그의 안색은 조금이나마 나아진 듯 보였다.

토조는 치하야의 모습을 발견하자 머리를 깊게 숙였다.

"치하야 씨, 정말 감사합니다. 그리고 걱정과 폐를……."

"그렇지 않습니다. 저는 구급차를 불렀을 뿐입니다. 감사 인사라면 유가오에게 해주십시오. 지금은 잠들어 있지만, 조금 전까지 토조 씨를 매우 걱정했습니다."

치하야가 유가오를 보자 카오루도 그에 이끌리듯이 시선

을 돌리고―살짝 눈을 크게 떴다.

"이 아가씨가 그 검은 고양이 유가오입니까? ⋯⋯놀랐습니다. 작은 고양이라고는 생각했지만, 이렇게 어린아이가 언제나 집을 깨끗하게 해주고 있었다니."

유리는 안심했다. 토조가 유가오를 바라보는 눈빛이 무척이나 다정했기 때문이다.

"유가오."

치하야가 유가오를 깨우려 하자 토조는 "깨우시지 않아도 됩니다"라며 치하야를 말렸다.

"모처럼 이렇게 푹 잠들었으니, 그냥 자게 두도록 하죠."

그 후, 토조와 잠든 유가오는 치하야가 차로 토조의 집까지 데려다주었다.

그리고 겸사겸사라는 듯이 유리도 니시오기쿠보의 사고 물건까지 데려다주는 것으로 긴 하루가 겨우 막을 내렸다.

비가 투둑투둑 지붕을 때리는 소리를 들으며 유가오는 눈을 떴다.

천장에 매달린 새장 같은 형태의 조명이 가장 먼저 눈에 들어왔다.

방은 날이 밝기 전 어두컴컴한 듯한, 희미하게 밝은 듯한, 애매한 빛에 감싸여 있었다.

유가오는 자신이 덮고 있던 이불 모양을 보고서 퍼뜩 놀랐다.

'어? 나, 카오루의 침대에서 잔 거야······?!'

유가오는 벌떡 일어나 두리번두리번 주변을 살펴보았지만 카오루의 모습은 보이지 않았다.

널따란 침대는 아무래도 자신이 혼자서 점령하고 있었던 모양이다.

'나 어젯밤에 병원에서 잠들었었구나. 하지만 지금 여기에 있다는 건, 아마도 시키가 태워다 준 거겠지? 카오루는? 카오루는 어떻게 됐을까?'

유가오는 불안해져서 침대를 빠져나와 저택의 방들을 순서대로 돌아보았다.

식당에는 없다. 서재 문을 노크해보아도 대답이 없었다.

거실에 들어갔을 때, 유가오는 그제야 카오루의 모습을 발견하고 안심했다.

카오루는 거실 소파에 누워 있었다.

발소리를 내지 않도록 조심스레 다가가 보니 카오루는 깊게 잠든 모양이었다.

그러나 이마와 목덜미는 희미하게 땀에 젖어 있었고, 때때로 신음을 흘리는 것이 아무래도 아직 열이 내리지 않은 모양이었다.

'……카오루 바보. 어째서 가정부한테 침대를 내주고, 환자인 당신이 소파인 건데?'

유가오는 눈썹을 늘어뜨리면서 러그에 떨어져 있던 모포를 살며시 카오루에게 다시 덮어주었다.

'카오루를 위해서, 내가 할 수 있는 일을 생각해야 해.'

유가오는 소파 옆에서 무릎을 끌어안고 몸을 웅크렸다.

우선 달걀죽을 만들자. 가게 문이 열리면 드럭스토어로 달려가 해열 시트를 사고, 그리고, 그리고…….

유가오가 생각에 잠겨 있는 사이 갑자기 카오루가 중얼거렸다.

"마이……."

아내분의 이름이다.

유가오는 깜짝 놀라며 카오루의 얼굴을 바라보았지만, 카오루의 눈꺼풀은 하얀 조개처럼 아직 굳게 감겨 있었다.

잠꼬대인 모양이었다. 악몽이라도 꾸는지 카오루의 미간이 좁아졌고, 혈색 없는 그의 손이 무언가를 바라듯 어둠 속을 떠돌았다.

유가오는 자신의 손보다도 훨씬 더 큰 그의 손이 너무나도 불안해 보여서, 자신도 모르게 그 손을 잡았다. 그러자 조건 반사처럼 카오루도 유가오의 자그마한 손을 맞잡았다.

유가오의 심장이 크게 뛰었다.

'나를, 돌아가신 아내분이라고 착각한 걸까?'

잠시 그대로 있으려니, 안심한 것인지 카오루의 잠든 숨소리가 이내 편안해졌다.

카오루의 손가락이 자신의 손에서 자연스럽게 풀어졌고, 유가오는 소리도 없이 자리에서 일어났다.

겨우, 카오루가 진심으로 기운을 되찾을 만한 방법을 떠올렸다.

주방에 달걀죽을 만들어둔 유가오는 오전 8시쯤 거실에서 카오루가 깨어나는 기척을 느끼고 바로 행동을 개시했다.

우선 고양이 귀가 달린 소녀—본래 자신의 모습에서, 카오루의 죽은 아내, 마이로 둔갑했다.

자신의 모습을 거울로 확인해보았다. 보드라운 옅은 갈색 긴 머리카락과 벚꽃색을 띤 하얀 뺨이 아름답고도 사랑스러운 젊은 성인 여성이 비쳤다.

여린 풀빛 원피스에 하얀 앞치마를 하고 있었다.

—내가 했지만, 완벽하게 마이의 모습으로 둔갑했다고 생각하며 유가오는 엷게 웃었다.

하지만 바로 웃음을 지웠다. 마이는 이런 짓궂은 미소를 지을 법한 여자가 아닌 것이다.

어떻게 아는가 하면, 카오루의 스마트폰에 남아 있던 마이의 동영상을 몰래 보았기 때문이다.

법적으로는 범죄지만 자신은 요괴이니 인간의 법률은 관계없다고 뻔뻔하게 생각했다.

유가오는 옻칠된 쟁반 위에 다시 데운 죽과 목제 숟가락, 그리고 조금 전에 발견한 어제 날짜가 적힌 약 봉투와 물을 따른 컵을 얹고, 그것을 들고서 거실로 발을 들였다.

소파 앞에 쟁반을 내려놓고서 유가오는 카오루 옆에 무릎을 꿇었다.

눈은 뜨고 있었지만, 아직 힘없이 소파에 누워 있던 카오루는 멍하니 유가오를 바라보았다. 그는 한 박자 늦게 눈을 부릅뜨고, 다시 한 박자 늦게 망연자실한 듯한 목소리를 냈다.

"……마이……? 꿈인가……?"

몸을 일으키려 하는 카오루의 어깨에 유가오는 살며시 손을 얹으며 말했다.

「아직 일어나면 안 돼. 당신, 어젯밤에 쓰러졌었잖아.」

유가오는 연기하며 부드러운 말투로 타일렀다.

"마이…… 돌아와 준 건가…….."

카오루는 유가오를 마이의 유령이나 혹은 진짜 마이라고 생각해준 모양이었다.

유가오는 지금이 기회라는 듯이 앞치마 주머니에서 메모

조각을 꺼냈다.

「맞아. 그게, 책상 위에 이런 메모가…….」

카오루는 유가오에게서 메모를 받아 들어 짧은 문장을 훑어보고 아연실색한 표정을 지었다.

—주인님께. 잠시 동안 돌아갑니다. 찾지 말아주세요. 유가오로부터

'그런 문장이 쓰여 있으니 놀라는 것도 무리는 아니겠지.'

그런 생각을 하며 유가오는 카오루에게서 돌아서서 죽 그릇으로 손을 뻗었다.

「그런 연유로, 오늘 아침은 내가 달걀죽을 만들어봤는데, 먹…….」

말을 마지막까지 다하기 전에, 카오루는 유가오를 등 뒤에서 끌어안았다.

유가오는 이번에야말로 정말로 심장이 멈춰버리는 줄 알았다.

열이 나고 있는 탓도 있겠지만, 원래부터 요괴라고 하는 괴이를 받아들이고 있는 만큼 카오루는 지금 완전히 유가오를 마이라고 믿고 있었다.

마이의 모습을 한 유가오의 목덜미에 얼굴을 묻고, 가슴 아래에 두른 팔에 한층 더 힘을 실었다.

괴로울 정도로 강한 포옹을 받으면서도 유가오는 의식적

으로 몸에서 힘을 뺐다.

아내가 이 정도의 일로 동요해서는 의심을 사고 말 것이다.

귓가에서 카오루가 거친 목소리로 속삭였다.

"미안해. 잠시, 이대로……."

유가오의 목덜미가 젖었다. 표정은 보이지 않지만 카오루가 울고 있다는 것은 알 수 있었다.

아직 유가오에게는 익숙하지 않은 옅은 갈색 머리카락에, 가느다란 어깨에, 투명한 그의 눈물이 떨어져 내렸다.

유가오는 카오루가 깨닫지 못할 만큼 희미하게 괴로운 한숨을 토했다.

'……몸이, 생각했던 것보다, 괴로운……지도 모르겠네…….'

유가오는 고양이 귀가 자라난 소녀로 둔갑하는 데는 아무런 문제가 없지만, 다른 사람으로 둔갑하면 요력 소모가 현저하게 많아진다.

'하지만, 그런 거 신경 쓸 수는 없어.'

유가오는 등 뒤에서 끌어안는 카오루의 팔에 살며시 손을 올렸다.

'……카오루는, 내 목숨을 구해줬어. 지금이야말로 그 은혜를 갚을 때.'

불단이 눈에 들어왔지만, 마이에 대한 죄악감에 유가오는 서둘러 시선을 돌렸다.

카오루의 상처가 나을 때까지.

그때까지만이어도 좋으니 마이의 대신이 되고 싶다.

죄악감이 드는 것은, 그것이 카오루를 위해서라기보다 자기 자신을 위해서였기 때문이었다.

일요일.

유리는 아버지가 신음하는 목소리에 퍼뜩 눈을 떴다.

기운 자국투성이인 얇은 이불 옆에 두었던 알람시계를 보니 아직 아침 7시였다.

신도 부녀는 세 평 작은 방을 낡은 가림막으로 나누고 자고 있었다.

"끄응~ 끄응~."

아버지는 심각하게 가위에 눌린 모양이었다.

유리는 이런이런 하고 생각하면서 이불 속에서 나왔다.

가림막 너머의 아버지 영역으로 가보니 얇은 이불을 덮고 잠든 아버지가, 머리와 등에 화살이 잔뜩 꽂힌 패전 무사 유령에게 목을 졸리고 있는 참이었다.

그 유령은 유리가 처음 보는 얼굴이었지만, 역전의 감이 유리에게 이 녀석은 잔챙이라고 알려주었다. 보풀투성이인 운동복 상하의를 입은 유리는 꾀죄죄한 다다미를 밟으며 패전 무사 쪽으로 걸어갔다. 유리의 기척을 눈치챈 것인지, 눈의 흰자가 누렇게 탁해진 무시무시한 형상의 패전 무사가 유리 쪽을 돌아보았다. 패전 무사가 이쪽을 본 순간, 유리는 그 얼굴에 주먹을 날렸다.

패전 무사는 깜짝 놀란 표정을 짓고는 스윽……하고 사라져갔다.

유리는 아버지의 잠든 숨소리가 편안해진 것을 확인하고서 자신의 공간으로 돌아갔다.

'일요일 정도는 느긋하게 자게 해달라고.'

유리는 다시 얇은 이불 속으로 들어갔지만, 두세 시간도 지나기 전에 이번에는 스마트폰이 진동했다.

베갯머리에 놓아두었던 스마트폰을 손에 들자 화면에는 '치하야 시키'라는 표시가 떠 있었다.

유리는 아버지를 깨우지 않도록 밖으로 나가서 전화를 받았다.

"안녕하세요. 저기…… 오늘은 휴일 아닌가요?"

「그래, 회사 자체는 쉬지. 하지만 갑작스러운 일이 들어와버렸다. 오늘 시간이 있으면 나랑 함께 가주지 않겠나? 휴일 수당은 나온다.」

전화 너머의 치하야도 잠에서 막 깼는지 목소리에 패기가 없었다.

"괜찮지만, 뭔가 문제라도?"

「사정은 나중에 이야기하지. 재촉해서 미안하지만, 외출 준비를 마치는 대로 곧장 여기로 와줘. 그리고, 변장을 하고 오도록.」

"변장이요?"

「뭐든 상관없으니까, 네가 평소 입지 않을 법한 옷을 입고 와줬으면 한다. 멀리서 봤을 때 바로 너라는 걸 알지 못할 차림이라면 뭐든 좋다. 나도 변장할 테니까. 그럼.」

치하야는 그 말을 끝으로 일방적으로 전화를 끊어버렸다.

'평소 내가 입지 않을 법한 옷.'

유리는 보풀투성이인 운동복을 내려다보았지만, 아무리 그래도 이 모습을 하고 휴일 키치조지를 누빌 용기는 없었다.

유리는 방으로 돌아가 종이 상자 안을 뒤졌다. 고등학교 3학년 때 열렸던 문화제에서 일명 노는 친구에게 받았던, 프리마켓에서 팔고 남은 옷을 입기로 했다.

'그리고, 어딘가에 연극부 아이가 줬던 가발이 있을 텐데. 받아두길 잘했지 뭐야.'

두 시간 후, 유리는 치하야 요괴 파견 회사에 도착했다.

"안녕하세요."

평소처럼 시원스러운 말투로 말하면서 일터에 들어서자 마메다이후쿠가 눈을 부릅떴다.

「유, 유리, 무슨 짓이냐! 아침 댓바람부터 시키 뇌쇄 작전이냐?!」

마메다이후쿠가 놀라는 것도 무리는 아니라고 생각한다.

유리는 가슴께가 크게 드러난 검은색 초미니 원피스를 입고 있었던 것이다.

가슴도 가느다란 허리선도 눈에 띄게 두드러졌고, 하얗고 가느다란 허벅지는 다 드러나 있었다.

하늘하늘한 옷자락에 달린 어중간한 레이스가 어쩐지 이상하다고 유리는 그렇게 생각했지만, 어찌할 도리가 없었다.

게다가 머리에는 볼륨 있는 구불구불한 갈색 가발을 쓰고 있었다.

얼굴은 100엔 숍에서 적당히 산 화장품으로 복장에 지지 않을 만큼 꾸몄다.

"변장이라고 하면, 이 옷이나 집에서 입는 보풀투성이인 새빨간 운동복밖에 없었단 말이야. 그나저나 사장님은 어디 계셔?"

유리가 묻자 2층에서 계단을 내려오는 소리가 들렸다.

"좋은 아침이다. 벌써 온 건가."

방에 모습을 드러낸 치하야는 유리를 감정하듯 빤히 바라보며 말했다.

"설마 네가 그런 옷을 갖고 있을 줄은 몰랐군. 하지만 훌륭한 변장이다."

그러는 치하야도 오늘은 상복 차림이 아니었다. 6월에 긴 팔 재킷은 덥지 않을까, 하는 점을 제외하면 성실한 느낌의 미용사 사복처럼 멋지고 세련된 차림을 하고 있었다. 변장의 필수품이라고도 할 수 있는 도수 없는 안경도 의외로 잘 어울렸다.

"저는 사장님의 사복이 촌스럽지 않은 게 의외인데요."

유리가 그렇게 말하자 치하야는 "당연하지"라며 쿡 하고 웃었다.

"나는 센스가 전혀 없거든. 그래서 언제나 블랙 카드로 마네킹에 입혀놓은 걸 그대로 다 벗겨서 사지. 점원분이 한 전신 코디네이트라면 틀림없을 테니까."

미묘하게 자랑할 게 못 되는 말을 치하야가 당당하게 해버렸을 때, 여우불이 나타났다.

「토조와 네코마타 계집애, 지금 막 키치조지역 방면으로 향하고 있습니다. 그 후에 역 주변을 산책할 모양입니다.」

희푸른 여우불은 치하야에게 그렇게만 보고하고 휙 사라졌다.

"그다지 느긋하게 있을 수도 없겠군. 일단 나가지. 신도."

"네."

유리는 고개를 끄덕이고, 가방에 마메다이후쿠를 넣은 다음 치하야와 함께 걸음을 옮겼다.

오늘은 비는 내리지 않았지만 아침부터 하늘이 흐렸다.

키치조지역 북쪽 출입구 방면을 향해 걸으면서 치하야는 유리에게 사정을 설명했다.

토조가 쓰러져서 병원으로 실려 간 것이 사흘 전 밤의 일이었다.

그다음 날 아침부터 유가오는 성실하게 토조를 간병하고 있다고 한다. 거기까지는 좋았다.

그러나 유가오를 정기적으로 시찰하고 있던 여우불의 말에 따르면, 유가오는 토조의 앞에 나타날 때면 토조의 죽은 아내 모습으로 둔갑을 한다는 것이었다.

그 덕분인지, 마음의 피로로 쓰러졌던 토조는 순식간에 회복되어 월요일인 내일부터는 회사에 복귀할 수 있을 정도가 되었다고 한다.

"그래서, 오늘은 둘이 사이좋게 데이트를 한다는 모양이더군."

"딱히 데이트 정도는 마음대로 하게 둬도 되지 않나요?"

유리가 그렇게 말하자 치하야는 "너는 잊어버린 건가?"라며 한숨을 내쉬었다.

"네코마타는 타인으로 둔갑하면 요력을 소모한다. 그것은 생기가 사라져간다는 것과 같은 의미다. 그 여자애는 한동안 토조의 아내로 둔갑해 있다고 하니 아마도 이미 체력의 한계를 넘어섰을 거다. 목숨을 걸면서까지 타인으로 둔갑하다니, 심상치가 않아. 뭔가 꿍꿍이가 있겠지. 그래서 오늘은 유가오와 토조를 미행하기 위해 너를 불러낸 거다."

으음…… 하고 화려한 차림을 한 유리는 턱에 손을 대고서 잠시 생각한 다음 말했다.

"유가오에게 뭔가 생각이 있는 건 확실하다고 보지만, 적어도 악의는 아닐 거예요. 유가오는 자신이 토조 씨에게 해 줄 수 있는 게 없을지 진지하게 생각하는 모습이었거든요. 아마도, 그 아이는 토조 씨를 사랑하고 있을 거예요."

"사랑? ……그렇다는 건, 토조의 아내를 대신하려 하고 있다는 건가?"

"글쎄요. 거기까지는 저도 알 수 없죠……."

치하야와 유리가 잠시 침묵하고 있으려니 마메다이후쿠가 유리의 가방에서 고개를 내밀었다.

「어이 어이, 잠깐 기다려봐. 그 말은, 저 토조가 지난 사흘 동안 유가오를 자기 아내라고 믿고 이런 짓이나 저런 짓을 해버렸단 거야? 위험하지 않아? 그거 범죄 아냐?」

유리가 생각했지만 굳이 말하지 않았던 사실을 부끄러움이고 뭐고 없는 마메다이후쿠가 대신 말해주었다.

「그건 아닙니다.」

그렇게 답한 것은 어느 틈엔가 치하야 옆을 둥실둥실 날고 있던 여우불이었다.

「밤에 한 이불을 덮고 자기는 하는 모양입니다만, 토조는 유가오에게 입맞춤도 하지 않았고, 그녀의 옷 아래에 닿은 적도 없습니다. 그저 애지중지하듯 끌어안고서 머리를 쓰다듬어줄 뿐입니다.」

여우불이 말하자 마메다이후쿠와 치하야가 동시에 무언가를 깨달은 듯 입을 열었다.

「그래, 그런 거군그래. 토조는 사실 어린애 취향이 아니라 남색가였어!」

"과연, 토조는 아내의 정체를 눈치채고 있었던 건가."

그 목소리는 딱 겹쳐졌지만, 유리는 치하야의 의견을 지지했다.

"그럴지도 모르겠네요. 끌어안고 쓰다듬어줄 뿐, 이라는 건 고양이에게도 평범하게 하는 행동이라고 생각해요. 하지만 유가오는……."

"눈치채고 있다는 걸 눈치채지 못했다는 건가."

"그렇지 않을까요?"

요란한 차림의 유리와 성실한 느낌의 안경 남자 치하야의 대화에서 소외되어버린 마메다이후쿠에게 마음을 썼는지 여우불이 말을 걸어왔다.

「마메다이후쿠. 당신의 '토조 게이설'도 꽤 괜찮은 가설이었다고 생각합니다.」

여우불은 친절하게 위로하더니 또 덧없이 사라지고 말았다.

유리와 치하야가 역 북쪽 출입구를 나왔을 때 여우불이 다시 나타났다.

「토조와 그 아내로 변한 유가오는 지금 하모니카요코초 부근에 있으며, 붕어빵을 사느니 하는 이야기를 하고 있었습니다…… 붕어빵 가게에 가면 두 사람의 모습을 볼 수 있을 겁니다…….」

"어이, 잠깐."

치하야가 그렇게 여우불을 불러 세우려 했지만, 들리지 않았는지 여우불은 사라지고 말았다.

"사장님, 왜 그러시나요?"

"하모니카요코초 주변에는 붕어빵 가게가 세 곳이야."

"그런가요? 역시 이곳 주민이라 잘 아시네요."

"그 두 사람이 어느 붕어빵 가게로 갔는지를 모르겠군.

하지만 세 곳 중 둘은 체인점이다. 나머지 한 곳…… 하모니카요코초에 오래전부터 있었던 붕어빵 가게로 가보지."

"알겠습니다."

키치조지역 북쪽 출구에서 도보 1분.

하모니카요코초는 전후 암시장에서 시작된 상점가다.

다섯 개의 블록으로 구성된 이 상점가는 길 폭이 넓고 밝은 선로드 상점가나 다이아마치 상점가와 비교하면 명백하게 이채로웠다. 좁고 어둑한 길이 거미줄이나 미로처럼 뒤얽혀 있었고, 그 안에 자그마한 상점이 백 개 가까이 밀집해 있었다.

그중 한 가게가 치하야가 말한 유명한 붕어빵 가게였다.

예상대로 그 자그마한 붕어빵 가게 앞에 토조와 옅은 갈색 머리카락의 여성이 나란히 서 있었다.

"토조와 유가오다."

치하야가 그렇게 중얼거리더니 유리의 팔을 휙 잡아끌고서 뒤얽힌 길모퉁이 하나에 몸을 숨겼다.

유리는 토조와 유가오가 둔갑한 여성의 모습을 관찰했다.

미남미녀였고, 정말 멋진 부부로 보였다.

그에 비해 자신들로 말할 것 같으면, 변장에 대한 의논이 불충분했던 탓에 뭔가 이상했다.

길을 오가는 사람들 눈에는 유리 쪽이 남자를 꾀어 이용하려는 악당으로 오해받기 충분해 보였다.

유리가 그런 걱정을 하는 사이에 붕어빵을 산 토조와 유가오가 이쪽을 향해서 걸어왔다.

"다음은 어디로 갈 셈이지? 신도, 뒤를 쫓는다!"

"네!"

「잠깐!」

"마메다이후쿠, 무슨 일이지?"

「나도 붕어빵이 먹고 싶어!」

마메다이후쿠가 귀찮게 조르자 치하야는 투덜거리면서 붕어빵을 세 개 샀다.

일요일의 키치조지 풍경 속에 녹아든 사이좋은 커플로 보이도록 치하야와 유리는 붕어빵을 먹으면서 미행을 계속했다.

마메다이후쿠도 유리의 가방 안에서 후두두 부스러기를 흘려가며 「맛있어 맛있어」 하고 붕어빵을 한입 가득 먹고 있었다.

확실히 맛있었다.

구워진 가장자리는 바삭바삭하고 고소했고, 안에는 팥소가 듬뿍 든 것이 일품이었다.

토조와 유가오는 20미터 정도 앞쪽에서 이노카시라 공원 방면을 향해 걷고 있었다.

「이노카시라 공원 같은 델 갔다간 그대로 파국이라고.」

마메다이후쿠가 갑자기 불온한 이야기를 꺼냈다.

「그곳 벤텐 님은 자주 이 주변을 어슬렁거리니까 인사를 나누곤 하는데, 언제나 커플을 발견하면 「리얼충 같은 건 폭발해버리면 된답니다!」라면서 버럭 화를 낸다니까. 겉모습은 오리히메 님이나 오토히메 님인가 싶을 만큼 미소녀인데 커플에게는 가차 없어. 유리도 남자 친구가 생기면, 이노카시라 공원에서 보트를 타는 데이트는 절대 하지 말라고.」

"어머. 벤텐 님은 미소녀였구나. 나도 언젠가 만나보고 싶어."

「아, 그래? 벤텐 님은 빨강이랑 하양 줄무늬 티셔츠로 유명한 만화가급으로 마주칠 확률이 높아.」

커플이 이노카시라 공원 보트에 타면 파국을 맞는다는 징크스는 유리도 알고 있었다. 하지만, 믿지는 않았다. 왜냐면 유리의 부모님이 첫 데이트를 한 곳이 바로 이노카시라 공원이었고, 두 사람은 깊이 사랑한 끝에 행복한 결혼을 했다고 들었기 때문이다.

'우리는 가난뱅이지만, 사진 속 어머니는 언제나 아버지와 행복하게 웃고 계셨어.'

조용히 그런 생각을 하고 있을 때였다.

"신도, 신호가 바뀌겠어! 이러다 놓친다! 달려!"

치하야가 갑자기 그렇게 소리치더니 유리의 손을 잡고서

횡단보도를 빠르게 달리기 시작했다. 유리는 이제 어디서부터 딴죽을 걸면 좋을지도 알 수 없게 되었고, 그저 치하야가 이끄는 대로 끌려갔다.

토조와 유가오는 키치조지도리를 따라 공원 방면으로 걸어갔지만, 그들의 목적지는 공원이 아니라 이노카시라 동물원 쪽이었다. 매표소에서 입장권을 사고 있었다.

"우리도 가지."

"네."

「나는 코끼리 하나코 씨 보고 싶어!」

"그래. 어차피 저 두 사람도 하나코 씨는 볼 테니까."

그 말에는 유리도 동감했다. 이노카시라 동물원에서 하나코를 보지 않고 무얼 보겠는가라고 하면 말이 조금 지나칠지도 모르지만, 코끼리 하나코는 키치조지의 상징적인 존재라고 해도 과언이 아니었다.

역 앞 상업 시설인 카페와 제과점 등에서는 종종 코끼리 하나코 씨 아이싱 쿠키가 장식된 케이크와 코끼리 하나코 씨를 본뜬 귀여운 빵을 판매했다.

이노카시라 동물원에서는 모르모트 만져보기 코너에서 마메다이후쿠가 모르모트에 뒤섞여 일시적으로 행방불명되었던 작은 사건을 제외하면, 이렇다 할 일은 일어나지 않았다.

동물원 다음에는 공원을 빙글 돌며 구경했다.

유리와 치하야는 중간중간 나무 뒤에 숨으면서 일정 거리를 유지한 채 두 사람을 뒤쫓았다.

이노카시라 공원에는 수국이 흐드러지게 피어 있었다.

이른 아침까지 보슬비가 내려서인지 푸른빛과 연보랏빛 꽃들에는 물방울이 맺혀 빛나고 있었다.

두 사람은 문제의 그 보트에 타지 않고, 수국과 다홍색 능소화를 보며 미소 지었다.

'유가오는 역시 토조 씨를 좋아하는구나.'

토조를 바라보는 유가오의 눈빛은 부드러웠고, 진심으로 행복한 듯 웃고 있다는 걸 20미터 떨어진 곳에서도 알 수 있었다. 그녀의 표정에 때때로 아주 잠시 애달픈 그림자가 스쳤다.

토조의 마음은 과연 어떨까.

치하야는 토조가 이미 아내의 정체를 눈치채고 있을 거라 추측했었다.

그러나 토조도 역시 아내의 모습을 한 유가오에게 사랑스럽다는 눈빛을 보내고 있었다.

거기에는 연애 감정이 담겨 있을까? 아니면 다른 감정일까? 유리로서는 알 수 없었다.

느릿한 걸음으로 공원을 한 바퀴 돈 두 사람이 다음으로 향한 곳은 키치조지의 토큐우라라고 불리는 구역이었다.

다이쇼도리를 따라 서쪽으로 나아간 두 사람은 이윽고 한 가게에 들어갔다.

파란 지붕이 귀여운 가게 앞에는 파란 바탕에 황금 십자가가 새겨진 스웨덴 국기가 걸려 있었다. 북유럽 음식을 파는 가게인 모양이었다. 입구 앞에 놓여 있는 자그마한 칠판에는 오늘의 코스 메뉴가 적혀 있었다.

청어 마리네와 굴 그라탱. 어린 사슴 고기 로스트. 순록 적포도주 조림…… 글자를 보고 있는 것만으로도 배가 고파졌다.

"신도, 우리도 들어간다."

「여어, 시키. 통 큰데!」

"사장님, 잘 먹겠습……."

유리는 갑자기 말을 끊었다. 구석 쪽에 토요일은 예약 필수라고 적혀 있었던 것이다.

이 셋 중에 예지 능력자는 없는지라, 당연히 아무도 예약은 해두지 않았다.

"……할 수 없지. 잠복한다."

긴 침묵을 깬 치하야가 그렇게 말했다.

"신도, 근처에 편의점이 있었지? 점심밥이 될 만한 걸 사다 주겠나?"

예에 따라 만 엔 지폐를 손에 쥐게 된 유리는 "알겠습니다"라고 대답하고 마메다이후쿠와 함께 편의점까지 한달

음에 달려갔다.

그리고 순식간에 장보기를 마치고 돌아왔다.

편의점 비닐봉지 안을 살펴본 치하야는 얼굴을 잔뜩 찌푸렸다.

"대체 뭐지? 이 정체를 알 수 없는 선택은?! 게다가 또 팥소인가?!"

"잠복이라고 하면 팥빵과 우유인 게 상식이잖아요."

유리는 팥빵과 우유를 마메다이후쿠에게 건네며 말했다.

치하야는 "그런 상식 몰라!"라며 불만을 늘어놓았지만, 배고픔에는 버틸 수 없었는지 결국 팥빵 포장을 뜯었다. 팥빵과 우유로 배는 채웠지만 유리는 잠복의 가혹함을 처음으로 경험하고 깨달았다.

좌우간 할 일이 아무것도 없었던 것이다.

셋은 끝말잇기를 하거나, '지금부터 영어로만 말하기' 게임을 해보거나(그 순간 모두 아무 말도 하지 않았다), 시시한 궁리를 해가며 두 시간 가까이 흐린 잿빛 하늘 아래에 서 있었다.

그리고 얼마 후, 손님석이 있는 2층에서 계단을 내려오는 발소리와 함께 토조와 아내의 대화 소리가 들려왔다.

치하야는 유리의 팔을 잡더니 재빠르게 전봇대 뒤로 숨었다.

토조와 그 아내로 변한 유가오는 손을 잡고 다이쇼도리를 따라 역 방향을 향해서 걷기 시작했다.

조금 더 데이트를 하고 돌아가리라 생각했는데, 토조와 유가오는 다이쇼도리 끝에서 역과는 반대 방향인 무사시노 하치만구로 향하는 모퉁이를 돌았다.

토조의 저택이 그 부근이니, 이제 돌아가려는 모양이었다.

앓고 난 지 얼마 안 된 토조를 유가오가 배려한 것인지도 모른다.

유리와 치하야는 미행을 계속했다.

평범한 데이트였고, 지금부터 뭔가 큰 사건이 일어날 거라고는 생각할 수 없었지만 치하야는 이렇게 된 이상 끝까지 미행을 계속하겠다고 말했다.

「뭐어~? 그만 돌아가서 센베라도 먹자고.」

마메다이후쿠가 불만을 쏟아냈을 때, 유리의 코끝에 빗방울이 한 방울 떨어졌다.

그리고 금세 투둑투둑 비가 쏟아지기 시작했다.

유리가 가방에 손을 넣어 접이식 우산을 찾는 사이에, 옆에서 치하야가 새까만 우산을 휙 펼쳤다.

'우, 우산이 없어. 아! 오늘은 평소 안 쓰던 가방을 가져와서 그렇구나.'

허둥지둥하는 사이에 비는 점점 세차게 쏟아졌다.

유리는 치하야에게 말했다.

"사장님, 죄송합니다. 우산을 깜빡했네요. 저기 보이는 편의점에서 우산을 사 와도 괜찮을까요?"

"안 돼. 그러는 사이에 놓치고 말 거다."

그들 중에서 미행에 가장 열을 올리고 있는 치하야는 유리의 허리를 휙 끌어당겨 반쯤 억지로 검은 우산 속으로 들어오게 했다.

그의 몸에서 희미하게 감도는 수선화 향이 분명하게 느껴질 만큼 몸이 밀착되었다.

치하야의 숨결이 느껴질 만큼 가까웠다. 치하야에게 손을 잡히든 팔을 잡히든 동요하지 않았던 유리였지만, 이번만큼은 역시 뺨이 뜨거워졌다.

"돼, 됐어요, 괜찮아요! 사장님이 젖잖아요! 저, 저는 비에 젖거나 하는 건 옛날부터 익숙하고 튼튼하니까……!"

"시끄럽군!"

치하야는 유리에게 일갈을 날려 입을 다물게 하더니 성가시다는 표정을 하고서 유리를 내려다보았다.

"이렇게 바쁜 시기에 감기라도 걸리면 내가 곤란해."

치하야의 머리에는 이미 미행에 관한 것밖에 없는 것이리라.

그는 놓치지 않겠다는 듯이 유리의 어깨를 끌어당기더니

똑바로 앞을 향해 걸음을 내디뎠다.

유리는 달리 변장 도구가 없었다고는 해도 노출도 높은 옷을 입고 온 것을 맹렬하게 후회했다.

드러난 어깨를 통해 치하야의 손바닥 감촉이 전해져 왔다. 부드러우면서도 단단하고, 그리고 뜨거웠다…….

'이, 이건 마치 연인이 함께 우산을 쓴 모습……? 아니, 마메다이후쿠도 있으니까, 그건 아니지!'

유리는 힘차게 고개를 저었지만, 그의 열기에서도 맑은 꽃 향기에서도 벗어날 수 없었다.

'더는 안 돼! 나는 어째서 이런 이상한 사람한테 두근거리는 거야?!'

유리는 무심코 눈을 꼭 감았다.

바로 그때.

"아아, 역시 쓰러졌군."

평탄한 목소리로 치하야가 중얼거렸다.

뭐? 하고 놀라며 눈을 뜬 유리의 시야에 날아들어 온 것은 멈춰 선 토조의 뒷모습과 그 발치에 픽 쓰러져 있는 자그마한 검은 고양이의 모습이었다.

"요력을 다 써버린 모양이다. 가지."

치하야의 목소리에 유리는 평소와 같은 상태를 되찾고 고개를 끄덕였다. 그리고 두 사람 곁으로 달려갔다.

……나, 이대로 죽는 걸까?

유가오는 희미해져가는 의식 속에서 그렇게 생각했다.

카오루가 기운을 되찾길 바라며 순간적인 마음으로 아내 분의 모습으로 둔갑했다.

그랬더니 카오루가 다정하게 안아주었다.

밤에는 한 이불을 덮게 해주었고, 살며시 머리를 쓰다듬어 주었다…….

설령 카오루에게는 자신이 아내분으로만 보인다고 해도, 그에게 닿는 동안에는 마치 자신이 사랑받고 있는 듯한 착각 을 느꼈다.

그 환상이 너무나도 달콤하고 행복해서, 욕심을 부리고 말 았다.

'그래도 꿈이 이뤄져서 다행이야.'

한 번이라도 좋으니까 사랑하는 사람과 데이트를 해보고 싶었다.

카오루와 함께 귀여운 동물과 아름다운 꽃을 보고, 맛있는 생선 요리를 먹으며, 오늘은 정말로 즐거웠다.

이제 죽는다고 해도 여한이 없었다.

인베 선생님께 빚을 갚지 못하는 것과 언니 아사가오를 남 기고 죽는 것이 마음에 걸리기는 했지만.

……지금까지 줄곧 이상하게 여겼던 점이 있었다.

'카오루는 나를 아내분이라고 여기고 있었을 텐데, 손을 잡는 것 이상은 아무것도 하지 않았어.『모란등롱』처럼 죽은 자와 하나 되면 죽고 만다고 생각한 걸까…….'

풀썩하는 소리가 들렸다.

카오루가 들고 있던 우산을 떨어뜨린 모양이었다.

……아아, 나. 오히려 카오루의 슬픔에 박차를 가해버린 건지도 몰라.

카오루는 자신 앞에서 쓰러진 아내의 정체가 나라는 것을 알고, 무척이나 실망했으리라.

'미안해, 카오루…….'

유가오는 비를 맞으며 눈물을 흘렸다.

그때, 커다란 양손에 감싸여 몸이 들어 올려지는 듯한 느낌이 들었다.

"역시 너였구나. 유가오."

귓가에서 카오루의 다정한 목소리가 울렸다. ……이것은 환청일까?

"마이가 다시는 돌아오지 않는다는 건 잘 알고 있어."

유가오는 살며시 입을 열고 목소리를 짜냈다. 이것만은, 말해야만 했다.

「……나…… 카오루가 좋아. 당신과 만나서, 행복했어…….」

"나도 아주 행복했어."

유가오는 자신의 차가운 뺨에 부드럽고 따뜻한 것이 닿는 것을 느꼈다.

'처음으로, 입 맞춰줬어……'

유가오의 의식은 거기서 끊어졌다.

유가오가 눈을 뜨자 수많은 꽃이 보였다.

홍백 매화, 가지를 드리운 벚꽃. 버드나무와 복숭아와 등나무꽃. 모란, 도라지, 싸리, 억새, 마타리, 단풍.

'사시사철 꽃이 한꺼번에 피어 있어. 그렇다는 건, 여기는 저세상이나 선계인 건가?'

멍하니 온갖 꽃들을 바라보고 있을 때였다.

「유가오, 다행이야. 정신이 들었구나……!」

귀에 익은 높고 맑은 소녀의 목소리가 들려왔다.

유가오는 그 순간 의식이 또렷해졌다.

유가오의 몸은 침대 위에 눕혀져 있었다.

서양식 침대가 아니라 나라나 헤이안 시대의 고귀한 사람이 쉴 때 쓸 법한 침대였다.

고개를 돌리자 침대 옆 의자에 하얀 소녀—쌍둥이 언니인 아사가오가 앉아 있었다.

아사가오는 하얀 고양이가 아니라, 알비노다.

눈처럼 새하얀 짧은 단발머리에 일자 앞머리, 그리고 하얀 고양이 귀. 홍옥처럼 맑고 붉은 눈동자에 눈물을 글썽거리며 유가오의 얼굴을 들여다보고 있었다.

「아사가오. 옥토끼당을 빠져나온 거야?」

「아니야. 유가오. 여기가 옥토끼당이야.」

봐. 그렇게 말하며 아사가오는 천장을 가리켰다.

유가오가 정신이 들면서 보았던 선명한 색채의 여러 꽃들은 절의 본당에서 볼 법한 천장화였다. 천장은 자그마한 정방형으로 나뉘어 있었고, 그 하나하나에 서로 다른 꽃이 그려져 있었던 것이다.

요괴를 진찰하는 진료소, 옥토끼당은 헤이안 시대 초기부터 이어져왔다.

그 건물은 긴 역사 속에서 일부 소실되거나 건물 그 자체가 교토에서 도쿄로 옮겨지거나 했지만, 내부 장식 일부는 수선을 반복하면서 당시 그대로 남아 있다고 한다.

병실 천장화도 그중 하나였다.

분명 아사가오의 개인실에는 홍학에 큰유리새, 물총새 등등 아름다운 새 그림이 가득 그려져 있었다.

「그래서 눈에 익다 싶었구나. 나는 완전히 관 안에라도 들어간 건가 했지.」

"관에 들어가기 직전이었지만 말이지."

낮고 화난 목소리로 말하면서 불쑥 유가오의 얼굴을 들여다본 것은 치하야 시키였다.

어째선지 오늘은 산뜻한 복장을 한 안경 남자가 되어 있었다.

"사장님, 잔소리는 나중에 하시는 게 어떨까요? 유가오를 조금 더 쉬게 해주죠."

산뜻한 치하야 옆에는 마메다이후쿠를 안은 갈색 곱슬머리의 신도 유리가 있었다. 평소와 다르게 화려했고, 몸의 라인이 드러나는 노출도 높은 원피스를 입고 있었다.

'……유리 녀석, 그냥 마르기만 했다고 생각했더니 나올 곳은 나왔잖아…….'

유가오가 자신의 가슴에 손을 올리며 허무한 기분을 느끼고 있으려니, 추가타를 날리듯이 치하야의 성난 목소리가 날아들었다.

"너 제정신이야?! 자칫하면 요력이 다해서 죽을 뻔했잖아!"

「그렇게 화낼 거 없잖아. 그리고 애초에 당신들이 왜 여기 있는 건데?」

"유가오. 그런 태도는 실례잖아."

부드러운 말투로 유가오를 타이른 것은 병실 한쪽으로 물러나 있던 카오루였다.

이쪽으로 다가오는 아름다운 그의 모습을 본 유가오는 얼굴을 붉혔다.

「카, 카오루……!」

유가오는 그의 얼굴을 똑바로 바라볼 수 없어서 눈가까지 이불을 끌어당겨 버렸다.

아사가오는 유가오의 거동을 통해 무언가를 깨달았는지 은근슬쩍 자신의 자리를 카오루에게 양보했다.

카오루는 유가오의 옆에 서더니 상황을 간단하게 이야기했다.

"네가 쓰러졌을 때, 우연히 근처를 지나던 치하야 씨와 신도 씨, 그리고 그러니까, 마메다이후쿠 씨가 너를 여기까지 데려다주셨어."

「……흐응. 우연히, 말이지…….」

이 사람들 차림새도 이상하고, 우리 데이트를 미행한 게 아닐까?

「생각이 지나친 거려나…….」

유가오가 혼자서 중얼중얼하고 있으려니 치하야가 말을 꺼냈다.

"지금 인베 선생님과 그의 쌍둥이 아이들이 약방에서 너를 위해 사랑을 담은 죽을 만큼 쓴 약을 달이고 계신 모양이더군. 정말 다행이야."

「유가오. 정말 다행이다. 인베 선생님 약은 쓰지만 아주 잘 듣거든.」

아사가오의 말은 순수 그 자체였지만 치하야의 말에는 음습한 악의가 담겨 있다고, 유가오는 그렇게 생각했다.

"그럼, 다음은 클라이언트인 토조 씨와 우리 회사의 파견 스태프인 유가오. 둘이서 이번 문제에 관해 차분하게 서로 이야기 나눌 시간을 주도록 할까?"

치하야는 유가오를 내려다보면서 희미하게 웃으며 그렇게 말하더니, 유리와 아사가오와 마메다이후쿠를 데리고 병실을 나섰다.

'시키 녀석, 마음을 써준 건가? 의외로 세심한 남자네.'

그들의 뒷모습을 지켜보면서 그런 생각을 하던 유가오는 이내 카오루와 단둘뿐이라는 것을 떠올리고는 금세 긴장하고 말았다. 하지만 침묵도 어색한데⋯⋯라며 유가오는 마음을 단단히 먹고 아까부터 신경 쓰이던 점을 그에게 갑작스레 물었다.

「언제부터 내가 아내분이 아니라 유가오라는 걸 알았어?」

"꽤 초반부터. 아무리 그래도 이 메모는 너무 엉성하잖아."

카오루는 쓴웃음을 짓더니 주머니에서 한 장의 종잇조각을 꺼냈다.

─주인님께. 잠시 동안 돌아갑니다. 찾지 말아주세요. 유

가오로부터

유가오는 얼굴을 화악 붉게 물들였다. 듣고 보니 엉성하다고 할까, 너무 대충이었다.

「하, 하지만, 카오루도 조금은 믿었지?」

"……뭐, 솔직히 네가 달걀죽을 만들어줬던 그날 아침만큼은, 아무래도 의식이 몽롱해서 마이가 돌아왔다고 생각했었지."

「……아내분이 아니라서, 실망했어?」

"아니. 네가 **또** 갑자기 사라졌다면 실망했을 거라고 생각하지만."

"……**또**?"

유가오가 깜짝 놀라자 카오루는 "뭐야? 기억 못 하는 거야?"라며 아쉬운 듯 말했다.

"우리는 네가 가정부로 우리 집에 오기 전에, 한 번 만났었는데……."

「기, 기억해! 카오루가 나를 구해준 그날 일, 잊을 리 없잖아!」

그게 있지, 그 일이 계기가 돼서 나는 당신을 좋아하게 됐는걸!

기세 좋게 입에서 튀어나올 뻔한 말을 겨우 눌러 삼키고 있으려니 카오루가 자그마한 목소리로 말했다.

"구해준 건 내가 아니라 너야."

「응?」

"그날, 나는 마이 장례식을 마치고 돌아오는 길이었어. 상주 역할을 마친 순간 마음에 커다란 구멍이 뚫리더군. 문득, 살아 있는 의미를 느낄 수 없게 됐지. ……회사를 잇는 건 동생에게 맡기고, 나도 마이가 있는 곳으로 갈까 하는 생각을 하며 멍하니 걷고 있었어."

그런데, 라고 말하며 카오루는 희미하게 웃었다. 그리고 유가오의 뺨에 살며시 손을 가져갔다.

"꼬리가 두 개 자라난 자그마한 검은 고양이가 못돼 보이는 고양이에게 괴롭힘당하는 걸 본 순간, 어째선지 「이 녀석을 구해줄 때까지는 죽을 수 없다」라고 생각했어. 지켜주고 싶다는 마음이라고 해야 할지 뭐라고 해야 할지 잘 모르겠지만. 하지만 결과적으로 구해진 건 내 쪽이더군. 차가운 침대 안에서 널 안고 있는 사이에 마음이 조금씩 진정되었어. 마이를 보내고 그렇게 푹 잠든 건 그날이 처음이었지. 어쩌면 마이가 나와 너를 만나게 해준 게 아닐까 하는 생각까지 들었어. ……그런데 너는 다음 날 아침에 홀연히 자취를 감춰버리고. 그때만큼은 아무리 고양이라지만 변덕에도 정도가 있지! 싶어서 어이가 없었다니까."

「그, 그게…….」

"하지만 이제 됐어. 이렇게 너랑 다시 만날 수 있었으니까."

「내가 평범한 고양이가 아니라, 요괴라도 괜찮은 거야?」

"요괴라도 괜찮아."

「아내분으로 자주 둔갑하지 못해도 괜찮아?」

"아니, 하지 마. 네가 쓰러져서 내가 얼마나 걱정했는지 알아? 너는 그 모습 그대로면 돼. 그러니까⋯⋯."

카오루는 새삼 조심스러운 말투로 말을 이었다.

"너만 괜찮다면, 앞으로도 우리 집에서 일해주겠어? 가능하면, 들어와 살면서. 네가 집에서 기다려준다면, 제대로 매일 밤 집에 돌아갈게."

「정말?」

"정말이지."

「그럼, 그럼 그 김에 내 제멋대로인 부탁을 하나만 더 들어줄래?」

"그래. ⋯⋯뭔데?"

「아사가오가 퇴원하면, 아사가오도 함께 살게 해줄래?」

"⋯⋯그런 거였어? 물론이지. 한 명이든 두 명이든 상관없어."

한 마리가 아니라 한 명이라고 말해주었다.

유가오는 화끈거리는 자신의 뺨에 손을 댔다.

'카오루 바보. 바보. 그런 말을 하면, 기대해버리게 되잖

아…….'

어쩌면 카오루도 언젠가 나를 여자로 봐줄지도 모른다고.

아사가오는 몸이 약해서 유가오의 병실을 나오자마자 자신의 개인실로 돌아갔다.

—하지만 그 이외의 면면들은 유가오의 병실 문틈에 토템 폴처럼 얼굴을 위아래로 다닥다닥 붙이고서 병실 안을 훔쳐 보고 있었다.

아래부터 마메다이후쿠, 유리, 치하야 순이었다. 치하야의 머리 위에는 폭탄 주먹밥에 얼굴을 그리고 노란색 건을 얹고 다리 세 개를 붙여 놓은 듯한, 손바닥만 한 크기의 동그란 까마귀가 올라타 있었다.

유가오와 카오루 사이의 계약이 속행되는 것으로 이야기가 정리되는 모습을 지켜본 다음, 치하야가 살며시 문을 닫았다.

「잘됐군, 잘됐어. 이걸로 한 건 해결인 셈이지?」

희희낙락하며 그렇게 말한 것은 폭탄 주먹밥에 날개가 달린 듯한 동그란 까마귀였다.

유리는 당연하다는 얼굴을 하고서 치하야의 머리 위에 앉은 까마귀를 감개무량한 마음으로 바라보았다. —드디어 만났다. 종종 치하야와 요괴들의 대화 속에 이름이 언급되었던 옥토끼당 진료소의 마스코트 요괴, 쿠로고마를.

유리는 키치조지 한쪽에 자리한 이 진료소에 오자마자 바로 쿠로고마와 서로 자기소개를 마쳤다. 들은 이야기에 따르면 쿠로고마는 지금으로부터 1200년 정도 전, 옥토끼당이 아직 헤이안쿄에 있던 시절부터 이 진료소에서 일을 도와온 원조 일하는 요괴라고 한다.

옥토끼당이 그렇게 오래전부터 선조 대대로 요괴 진찰과 약 처방을 해왔다는 사실도 놀랄 만했지만, 헤이안 시대부터 약 배송 서비스 ─ 쿠로고마 운송이라고 한다는 모양이다 ─ 를 계속해오고 있는 쿠로고마도 정말이지 대단했다.

"후후. 쿠로고마 씨, 유가오와 토조 씨 문제가 원만하게 해결된 걸 제 일처럼 기뻐하시네요."

어쩐지 푸근한 기분이 된 유리가 미소 짓자, 쿠로고마는 「그럼, 당연하지!」라며, 교토에서 태어난 것치고는 마메다이후쿠처럼 도쿄내기 같은 위세 넘치는 말투로 대답했다.

「반하고 나면 인간이니 요괴니 하는 건 관계없거든. 나는 오래 산 만큼 다양한 이종족 커플을 보아왔지만, 장해물을 뛰어넘어 하나가 된 녀석들을 보고 있자면 역시 상쾌한 기분이 된단 말이지.」

"참고로 쿠로고마 씨가 보셨던 중에 가장 거물인 이종족 커플은요?"

흥미를 느낀 유리가 물어보자 쿠로고마는 망설임 없이 대답했다.

「이종족 커플로 한정한다면 그야 토바 상황과 타마모노마에일 테지만, 개인적으로 사상 최강 커플은 초대 옥토끼당 부부지! 그도 그럴 게 헤이안 초기부터 계속되어온 옥토끼당의 시조니까.」

자신의 직장에 대한 애정이 담긴 대답에 유리는 남모르게 감동을 받았다.

옥토끼당 진료소를 나설 무렵에는 이미 오후 6시를 지나 있었다.

"출근한 김에 식사를 만들까요?"

우산은 잊어버린 주제에 밀폐 용기는 꼼꼼하게 챙겨 온 유리가 치하야에게 제안하자 치하야는 "그렇게 해주면 고맙지"라며 흔쾌히 승낙해주었다.

도중에 산 식재료를 주방에 내려놓고 가방과 마메다이후쿠를 두러 일단 사무실로 들어서자 치하야가 말을 걸어왔다.

"잠시 자리에 앉지."

"네?"

뭔가 혼날 만한 일이라도 한 걸까? 그렇게 생각하면서 유리는 평소 습관대로 치하야의 옆자리에 앉으려 했고 "맞은편에 앉아"라는 말을 들었다.

치하야의 맞은편 자리. 그곳은 언제나 파견 등록을 하러 온 요괴들이 앉는 자리였다.

뭔가 긴장된 분위기를 느끼면서 유리는 시키는 대로 맞은편 자리에 앉았다.

"이제 곧 6월도 끝나는군."

"네."

"즉, 네가 여기서 일한 지 3개월이 된다."

거기까지 들은 유리는 치하야가 무슨 이야기를 하려 하는지 깨달았다.

치하야 요괴 파견 회사 아르바이트는 3개월마다 계약 갱신이었다.

'나는 이 회사의 일이 아주 즐거웠고, 보람을 느끼고 있어.'

많은 요괴들과 만날 수 있었다.

코를 다쳤던 흰 토끼 이나바 씨와 소탈한 캇파 스미다가와 씨.

아르바이트 테러를 일으켰던 츠쿠모가미 마메다이후쿠와 실은 요괴였던 집주인 아주머니.

영국 귀부인 같았던 야마우바 씨, 고양이 귀 미소녀 아사가오와 유가오, 폭탄 주먹밥처럼 동그란 쿠로고마……

때로는 웃고 때로는 상처 입기도 하면서, 일을 통해 인간 사회에서 살아가려 하는 그들과 얽혔던 경험은 유리에게 있어 다시 없을 재산이 되었다.

'나는, 더…… 이 일을 계속하고 싶어.'

처음에는 돈과 음식이 목적이었지만, 지금은 다르다.

유리는 요괴들을 정말 좋아하게 되었고, 요괴와 사람을 이어주는 이 일에 특별한 감정을 갖게 되어버렸다.

하지만 치하야는 과연 어떨까?

'나, 사장님에게 실례인 발언도 잔뜩 했었고, 싸움도 꽤 했었지…….'

유리는 쭈뼛쭈뼛하며 치하야의 얼굴을 바라보았다.

그도 역시 옅은 황금색 눈으로 유리를 바라보고 있었다.

책상 위에 자리 잡은 마메다이후쿠도 역시 범상치 않은 긴박감을 눈치챘는지 어쩔 줄을 몰라 하며 유리와 치하야의 얼굴을 번갈아 바라보고 있었다.

이 긴 침묵은 무엇일까.

치하야는 지금부터 말하기 어려운 일―즉, 자신에게 계약을 연장하지 않겠다는 이야기를 건네려 하는 것일까.

유리는 고개를 숙이고 가능한 한 냉정해지려 했다.

'차라리 내가 침묵을 깨고, 여기서 계속 일하게 해달라는 열의를 전하는 게 좋을까?'

그래. 적어도 이럴 때는 솔직해져야지―.

그렇게 생각한 유리가 입을 연 것과 치하야가 목소리를 낸 것은 거의 동시였다.

"저…… 저기, 사장님!"

"네가 일하는 자세는……."

"아, 네. 말씀하세요."

목소리가 겹친 순간 유리는 치하야에게 먼저 이야기하라며 양보했다. 그리고 가만히 아래를 보면서 이어질 말을 기다렸다.

이윽고 유리의 귀에 치하야의 침착한 목소리가 들려왔다.

"나쁘지 않았다. 나를 대하는 태도는 가끔 안 좋았지만 말이지."

"그, 그건 사장님이 일일이 화가 날 법한 말씀을 하셔서 그런…… 앗."

유리는 반론하려다 허둥지둥 입을 다물었다.

여기서 계속 일하고 싶다 생각하면서도 자꾸만 자신의 상황을 나쁘게 만들어 어쩌자는 것인가.

다시 한숨을 돌릴 만한 사이를 두고서 치하야는 고개를 숙인 유리에게 천천히 말했다.

"……계약을 갱신하지 않겠나? 나로서는 네가 조금 더 여기에 있어줬으면 하는데."

유리는 놀라서 고개를 들었고, 그리고 더욱 놀라 눈을 크게 떴다.

치하야는―무려 희미하게 얼굴을 붉히고 있었다!

'어울리지도 않게 솔직하게 말씀하셨으니까.'

유리는 픕 하고 뿜을 뻔한 것을 겨우 참고서 치하야에게 미소 지어 보였다.

"네, 기꺼이요."

그 순간 마메다이후쿠가 「아자!」 하고 만세를 했다.

「앞으로도 유리의 맛있는 밥을 먹을 수 있으니 만만세야!」

귀여운 말을 해주었다.

다음 식사 때는 마메다이후쿠가 좋아하는 딸기 과자를 함께 내줘야겠다.

당근을 싫어하는 치하야의 편식 습관은 자신이 이곳에 있는 동안 꼭 극복하게 하고 말리라.

이제 곧 장마가 끝나고, 드디어 본격적인 여름이 찾아오리라.

이번 여름에는 과연 어떤 멋진 요괴와 사람들을 만나게 될까.

―『치하야 요괴 파견 회사』 두 번째 권도 기대해주세요.

치하야 요괴 파견 회사 1

2022년 8월 23일 1판 1쇄 인쇄
2022년 8월 30일 1판 1쇄 발행

지 은 이   나가오 아야코
일 러 스 트   카가미 에리
옮 긴 이   이희정
발 행 인   유재옥
본 부 장   조병권
편 집 1 팀   김준균 김혜연 박소연
편 집 2 팀   정영길 조찬희 박치우 정지원
편 집 3 팀   오준영 곽혜민 이해빈
디 자 인   이가민
라 이 츠   맹미영 이승희 이윤서
디 지 털   박상섭 김지연
발 행 처   (주)소미미디어
등 록   제2015-000008호
주 소   서울시 마포구 토정로 222, 403호(신수동, 한국출판콘텐츠센터)
판 매   (주)소미미디어
제 작 처   코리아피앤피
영 업   박종욱
마 케 팅   한민지 최원석 최정연 한소리
물 류   허석용 백철기
전 화   편집부 (070)4253-9250, (070)4164-3960 기획실 (02)567-3388
         판매 및 마케팅 (070)4165-6888, Fax (02)322-7665

ISBN 979-11-384-1124-0 04830
ISBN 979-11-384-1123-3 (세트)